Cotta's Bibliothek der Moderne

82

RUDOLF BORCHARDT
DER HAUSBESUCH

Cotta's Bibliothek
der Moderne

Als meine Kusine Rosie sich von Dr. Büdesheimer scheiden ließ, ohne daß eine neue Heirat in Sicht schien, waren wir reichlich perplex; denn es war eigentlich nicht in ihrem Genre. Wenigstens sagten alle andern so, denn ich selber war nur einen Monat in der Pension mit ihr zusammengewesen und hatte sie nachher in München, wo sie lebte, höchstens flüchtig gesehen. Sie hatte sich sehr herausgemacht. Als Backfisch hatte sie nach nichts ausgesehen und schrecklich unter Kopfschmerzen gelitten. Jetzt war sie eine hübsche, etwas üppige junge Frau mit einem nett zurechtgemachten Kopf und sah blühend und flott aus, allerdings nicht gleichmäßig, denn der Ausdruck war manchmal nervös. Die Ehe galt nicht als sehr glücklich, obwohl Büdesheimer, der ein Streber war, als Ohrenspezialist brillant zu verdienen anfing und sie es mit Toiletten, Reisen und anderem sehr nett hatte. Kinder hatten sie nicht. Rosie war als Mädchen ziemlich bildungsbeflissen gewesen und tat sich auch später als ernste Frau auf, immer mit Haufen moderner Literatur. Mit Männern hatte sie, glaube ich, nicht viel gehabt; so die gewöhnlichen Flirts natürlich, aber kaum mehr, sie hatte auch jung geheiratet. Von uns hatte keine ein Vertrauensverhältnis zu ihr, und wenn wir mit ihr zusammen waren, wurden unsere Geheimnisse nicht berührt; jemand hatte gesagt, sie hielte nicht dicht, und überhaupt paßte ihre Art nicht zu unserer.

Um so netter war es, daß sie sich kurz nach der Scheidung, in Schwalbach, wo ich natürlich auch mal hin mußte, an mich riesig anschloß, ganz teilnehmend und gar nicht prüde war. Schließlich merkte ich auch, daß sie im Grunde nicht viel anders sein mochte als wir alle, und das Konventionelle mehr – wie sie sagte – eine »Distanzierung« sei. Also kannst du dir denken, daß ich schließlich, nachdem ich anfangs um die Sache nur so herumgehorcht hatte, sie ganz frech fragte, warum sie Günther Büdesheimer so Knall und Fall abgesägt hatte. Ich bekam nicht gleich eine direkte Antwort, sie wurde unruhig und wollte das Thema wechseln, sagte dann, ich solle es ihr nicht übelnehmen, aber es hinge mit Sachen zusammen, die sie immer noch aufregten. Dabei bekam sie auch richtig den nervösen Zug um die Nase wieder, den ich von München kannte, und die tote Partie um ihren hübschen, immer halb atmenden Mund. Sie schalt mit ihrer Stickerei, sagte, sie habe sich wieder verzählt, packte dann zusammen, und sagte, sie wolle gehen, es sei ohnehin nur zehn Minuten bis zum Nachmittagsbrunnen. Ich dachte, die Geschichte kriege ich offenbar nie zu hören. Nach Tisch rief sie plötzlich in meiner Pension an, sie wäre nicht recht wohl und ob ich ihr Gesellschaft leisten wolle; sie war in fabelhaft guten Verhältnissen (ich glaube, Günther hatte sehr hoch unterschreiben müssen) und hatte im Russie ein Schlafzimmer mit Salon. Als ich kam, lag sie halb ausgezogen auf dem Divan und sah gar nicht unwohl, sondern bildschön aus; sie hatte etwas aufgeregte Farben und ich mußte denken, der Mann, der sich so ein appetitliches, temperamentvolles Geschöpf hatte entwischen lassen, müßte trotz seiner Medizin ein richtiger Dummkopf sein. Unsere Gedanken trafen sich, denn sie fing gleich damit an, von ihrer Einsamkeit zu sprechen. »Da sitzt man nun«, sagte sie mürrisch, »zwei gestrandete Frauenzimmer, die sich die Nerven oder das, woher sie nun mal kommen, reparieren lassen müssen. Und trotzdem muß ich dir sagen, bin ich glücklicher als in der Leopoldstraße. Ewig wird es ja auch nicht dauern, denke ich mir. Irgend was passiert. Vorsehung spielen, wie ihr tut, ist zwar im allgemeinen nicht mein Fall. Ich bin eine richtige irrationale Frau, wie es heißt. Sobald ich intrigieren würde, käme ein *débâcle.* Es kommt aus dem Instinkt oder es kommt gar nicht, und was dann kommt, ist bei mir das Unberechenbarste, Unlogischeste, was es gibt, anarchisch und, von außen gesehen, richtig ruchlos. Wenigstens so wie die Männer das immer finden und nennen, wenn sie sagen, die Frau wäre moralisch minderwertig und im Grunde – wie Nietzsche schreibt – nicht böse, sondern schlecht. Du mußt natürlich nicht denken, daß ich solchen Unsinn glaube. Absurd ist gar nicht die Frau, sondern diejenigen, die dergleichen sagen. Was wir Frauen in gewissen Fällen tun, ist genau so gesetzlich wie die Kometenbahn, nur liegen diese Gesetze tiefer und keiner kennt sie. Ich sage zwar, ich habe unlogisch gehandelt, aber eigentlich kenne ich die Gründe ganz genau, aus denen es so kommen mußte, und diese Gründe vorausgesetzt, ist alles logisch. Ich kann nur darum nicht leicht davon sprechen, weil ich keine Lust habe, immer zuerst meine

Natur zu verteidigen – ich könnte eigentlich sagen ›*die Natur*‹.« »Aber das hast du doch bei mir weiß Gott nicht nötig, Rosie«, sagte ich lachend, »für vorurteilsfrei, gelinde gesagt, wirst du mich doch wohl halten.« Sie lachte nicht mit, sondern hatte eine kleine scharfe Nervenfalte auf der Nase und wieder den starren Zug. »Ich glaube, du mißverstehst mich«, sagte sie, »es handelt sich wirklich nicht um Vorurteile, über die man praktisch, wie du, hinaus ist und denen man die Nase dreht, indem man nach dem greift, was man gern möchte, oder was einen reizt, und dann sagt: ›erlaubt ist, was gefällt‹. Das ist eine Doktrin, genau so wie die andere: ›verboten ist, was gefällt‹ oder ›erlaubt ist, was sich ziemt‹, Tasso weißt du. Es handelt sich auch nicht um den Sport, den Spieß umzudrehen und die Männer einmal so zu behandeln, wie sie sonst Frauen behandeln. Das hat seine Reize, aber wie sogar du zugeben wirst – tief sitzt es nicht, es gehört zu den Gewohnheiten, die man hat oder nicht, und alle Gewohnheiten gehören doch ein bissel zum Sich-Amüsieren, dreh's wie du willst. Bei mir ist es ein Abgrund, – ist es ein richtiger Abgrund damals gewesen, und ich muß es eben noch einmal sagen, der Abgrund hat gerade so seine Gesetze wie irgendwas, sagen wir, der Staat oder die Familie oder die Gesellschaft. Ich habe nämlich über diese Sachen viel nachgedacht, und alles, was an dem kritischen Abend vorgegangen ist – es waren wirklich nur ein Abend und eine Nacht – mir immer wieder durchgenommen, unter diesem Gesichtspunkte. An und für sich klingt es ganz kahl und frech oder unerhört, wenn ich in einem einzigen Satze sage, daß ich meinen Mann, mit dem ich nie einen wirklichen Krach gehabt hatte, in seinem eigenen Hause mit einem eben angekommenen beinah fremden Gast, der bei uns wohnte und sein Freund war, und aus dem ich mir gar nichts Besonderes gemacht hatte, vertauscht habe, und zwar so, daß bis zuletzt die ganze Initiative bei mir lag, denn er liebte mich nicht und hat mich ja auch – wie du weißt – nachher nicht geheiratet, hatte auch gar keine moralische Verpflichtung dazu. Nicht wahr, da bist du platt! Dein Gesicht erinnert mich eben von ferne an das Günthers, als ich ihm am nächsten Morgen beim Frühstück, während er die Zeitung las, nebenbei erzählte, ich hätte Freinsheim die ganze Nacht bei mir gehabt. So guckte er von seiner ›Medizinischen Wochenschrift‹ auf und dachte, ich wäre verrückt. Verrückt natürlich, wörtlich, das Unterste zu oberst, das Oberste zu unterst. Frau Dr. Büdesheimer, die man kennt und so wie man sie kennt, einen Kilometer unter dem Bewußtsein, und obenauf – wie soll ich es nennen?« Sie machte eine Pause. »So, Freinsheim«, sagte ich etwas gedehnt. »Obenauf«, fuhr sie fort, »vierundzwanzig Jahre X, das keinen Namen hat, malträtiertes X, aufgereiztes und wieder zugeschüttetes, enerviertes, halb hungern gelassenes, halb erregtes X, eine ganze mit Selbstentzündung angelegte Mine Unterbewußtsein. Ich rede wie ein Buch, nicht besonders elegant. Ich hätte sagen können ›Natur‹, aber es ist ein Schlagwort. Wenn es hieße, was es eigentlich ist, wäre es keines. Gewiß, unsere ganze Natur in uns sollte kultiviert sein, restlos. In Wirklichkeit kommt ein glatter Neubau darüber, unter dem sie verdreckt. Dazwischen liegt eine Aufschüttung. Wer sie bei uns sucht, sucht sie unterirdisch, stochert drin herum wie ein Dieb, will was für sich, und flieht wie ein Halunke, wenn er es hat. Aber dort tief unten sind bei uns die Kräfte. Sie werden weder gefaßt noch genutzt, werden nicht einmal gefürchtet, sondern höchstens in Witze verwandelt. Schließlich machen sie uns selbst glauben, sie seien eine Unterwelt – ›Betreten verboten‹. Aber jede geringste Lebensdifferenz sammelt sich darin an, automatisch, jede Enttäuschung, jede Reizung, jeder verscheuchte Wunsch, jedes Betätigungsbedürfnis, jede verschluckte Wallung, jeder Mund voll Halbheit, den man geschluckt und am liebsten ausgespien hätte, jeder Ekel nach Schalheit und Lauheit, jeder überreizte und im Überreiz sich selbst gelassene Nerv lagert seine Rechnung in die Zündungen ab. Nicht die Natur ist es schließlich, was explodiert, sondern die Widernatur, die uns oktroyierte Korruption, die Entartung. Wir könnten Muttertiere sein, kommen gesetzmäßig in Zeiten, werfen, säugen und beißen den Rüden weg, bis zur nächsten Gezeit, wo wir ihn uns nachziehen müssen und annehmen. Oder wir können heilige Nonnen sein, dann wird uns das ganze Diesseits abgenommen und auf den himmlischen Bräutigam umgerechnet, wir kriegen eine Dauerextase geliefert wie Morphium und alles stimmt wieder. Oder wir können wie unsere Urgroßmütter sein, werden von früh an auf Scham gestellt, eingesperrt, eines Tages nur für den Mann herausgelassen und in Dauermütter für unser ganzes Leben verwandelt, der Mann wird uns als heilige Unannehmlichkeit von früh an schwarz gemalt und kann uns höchstens angenehm überraschen, wenn er einmal eine Ausnahme ist. Alles das hat Sinn und Verstand, und alles bleibt dabei, auch wenn es kein Pläsier wäre, normal. Aber wir? Vorurteilsfrei sollen wir sein, sonst sind wir lächerlich, flirten sollen wir, sonst sind wir Puten; alles bis zu einem gewissen Punkte natürlich; und welcher das ist, muß jede selbst wissen; kaum daß wir in die Entwicklungsjahre kommen, fingert die ganze Gesellschaft mit Büchern, Bildern, Schaustellungen, Tanzen, Courmachen und was du sonst willst – du weißt ja – an uns herum, wir sollen alles sehen, wissen, hören, schmekken, riechen, lustig sein, aber um Herrgotts willen anständig, anziehend und temperamentvoll, und restlos informiert, aber um Gottes willen unschuldig und harmlos. Wir sollen unsere Männer wählen, nach vielfachen Proben, und dem, den wir wählen, treu bleiben, in seiner Erinnerung seine Vergangenheit ersetzen oder übertreffen, und mit anderen Männern tanzen und flirten und lachen und ulken, denn sonst sind wir albern und provinziell, aber alles nur bis zum obigen Punkte, sonst sind wir Frauenzimmer. Was soll dabei aus uns werden? Alles verdrängt, alles reagiert ab, mitternachts fährt man mit seinem eigenen Gatten nach Hause, dann beginnt wieder die sogenannte Wirklichkeit. Woraus besteht sie? Haus, Kinder, Leute,

Wirtschaft? Wo denn? Neid, Konkurrenz, Klatsch, Prahlerei, Lüge, Angst, Lumpenquatsch. Wie ich es immer gehaßt habe! Wie ich es hasse! Nichts tun können! Nichts tun dürfen! Jedes Bauernweib tut etwas! Nie wirklich leiden, satt von Lust und Leiden sein dürfen! Wozu ist man geboren? Wenn man nie auch nur einen Augenblick auf die Höhe kommt, wo man schreien möchte ›höher geht's nicht‹! oder meinetwegen ›tiefer geht's nicht‹! – es ist ja fast dasselbe –! Ich meine gar nicht Liebe oder nur Liebe. Ich könnte ebensogut sagen ›Hunger, Durst, Kampf‹; oder ›Rennen, Rauben, Erschöpftsein‹; alles in der Welt hängt doch durch seine Bedürfnisse, die zugleich seine Bestimmung und sein Wachstum sind, miteinander zusammen; fassen und zugleich gefaßt werden, unerbittlich bis zum Umfallen, und dadurch lebensfähig bleiben, das ist doch das, worüber im Grunde alles stöhnt und wozu doch im Grunde alle da sind; ich könnte einfach sagen ›Reinheit‹, erschrick nicht. Aber ich halte Reden und sage immer wieder dasselbe. Es reicht bei uns nicht zur Theorie; wir drehen uns im Kreise herum. Ich will dir also lieber erzählen, und wenn es grauslich wird, halte dich fest. Wenn ich einmal dabei bin, sage ich dir die ganze Wahrheit und verschmiere nichts mit Worten oder diskretem Schweigen. Ich erzähle dir ja keine anzüglichen Geschichten oder gelungene Witze, sondern eine Katastrophe, von der ich noch jeden Sekundenzug weiß, weil ich keinen bereue und in mir aus Genierlichkeit untergestupft habe. Du weißt, wie ich als Mädchen war, spät entwickelt, sachlich und anständig. Vor Liebesgeschichten wurde mir übel. Was ich wußte, redete ich mir aus. An aufregende Dinge dachte ich nicht, wo ich sie gedruckt fand, klappte ich das Buch zu. Konfidenzen in der Pension ließ ich mir nicht machen, und als Irma damals die Geschichte mit dem Studenten hatte, den sie nachts, du weißt noch, in den unteren Garten kommen ließ, habe ich mit ihr gebrochen, so gerne ich sie gehabt hatte – oder gerade darum, denn sie war mir dadurch widerlich geworden, und an ihre hochtrabenden Gefühle glaubte ich nicht. Als die gewissen Jahre kamen, war ich naiv genug zu hoffen oder zu glauben, sie würden vorübergehen – ich hatte irgend etwas Gehörtes mißverstanden – und man würde Gottseidank bald wieder sein, wie man gewesen war. Verliebt bin ich nie einen Augenblick gewesen, – wenn mir ein Mensch gefiel, wünschte ich ihn mir immer als Bruder oder als Freund. Von siebzehn an wurde ich plötzlich hübsch. In der Gesellschaft war ich nicht beliebt, bei Männern meine ich. Damals hatte ich ein erstes Erlebnis. Bei einer Art Landpartie mit Picknick artete der Heimweg in eine der beliebten, albernen Küssereien aus, wir waren auf einem Waldwege mit starkem Unterholz und die Bengel hatten leichtes Spiel mit den meisten. An mich ist keiner herangekommen, ich kroch ins Gebüsch und verteidigte mich mit Hut und Hutnadeln ganz ernsthaft gegen die Feiglinge, die zu zweien und dreien angriffen. Mit neunzehn lernte ich unter anderen Freinsheim kennen, der sich dann bei Mama einführen ließ. Er war ungefähr achtundzwanzig, im Grunde abschreckend häßlich, aber gesund und männlich, kam von einer Studienreise durch amerikanische Kliniken über Japan und Indien zurück und hatte etwas zu erzählen. Zu mir war er indifferent höflich, ein bißchen von oben herab, wie er überhaupt für eingebildet galt. Mama, wie immer, behandelte ihn sofort als Epouseur und machte mir Szenen, als ich daraufhin mich gar nicht mehr um ihn kümmerte. Das war alles, denn er ging plötzlich als Assistent nach Prag, wo er sich dann zweimal entlobt hat. Im nächsten Jahre kam Günther Büdesheimer an die Ohrenklinik und fing sofort an, mir scharf den Hof zu machen. Er war mir mordsegal. Männchen mit länglichen Hasengesichtern und Zwirbelschnurrbärtchen, die sich auf Assessor anziehen und ›peinlich korrekt vorgehen‹, haben auf mich immer gewirkt wie standhafte Zinnsoldaten. Aber es wurde von allen seinen Freunden eine Riesenreklame für ihn gemacht. Er sollte der Lieblingsschüler von Trowitzsch gewesen sein, und Rücker-Schewe habe von ihm gesagt – irgend was – und seine Arbeiten wären epochemachend. Daß er sich nicht habilitierte, wäre gerade seine überlegene Klasse. Es gäbe viel zu viel geniale Privatdozenten, aus denen nachher nichts würde, und ein großer Spezialist hätte immer klinisches Material genug. Na und so weiter. Ich habe das alles geglaubt und hielt mich für zu dumm, auf bloße Eindrücke hin daran zweifeln zu dürfen. Zweimal habe ich nein gesagt, dann starb Onkel Albert, seit Papas Tode so gut wie ein Vater, und

Mama wurde plötzlich gräßlich nervös über meine Zukunft, obwohl wir ganz nett daran waren. ›Worauf ich eigentlich wartete?‹ Ich sagte, ich wartete überhaupt nicht. Ob ich ledig bleiben und – verzeih – so verludern und frech werden wollte wie ihr alle? Ich sollte nur nicht glauben, daß sie ... und so weiter. Dann kam die andere Tonart. Eine so kühle Natur wie ich könne mit jedem anständigen Manne sehr, sogar sehr glücklich werden. Zerstreute Augen, Mundwinkel sachlich angezogen, Rock glatt gestrichen. Ich sollte doch einmal ganz vertrauensvoll und offen sagen, was ich gegen Büdesheimer hätte. Mir wäre gewiß etwas zugetragen worden, sie wäre in der Lage, mich völlig darüber zu beruhigen. Dies interessierte mich, und ich gab so halbe Antworten, daß Mama mit vielem Räuspern, Dämpfen der Stimme und Aus-dem-Fenster-Gucken mich dahin informierte, daß es mit ›der Lotti‹ – aus sei. Es kam an den Tag, daß die Lotti eine gefährliche Person gewesen sei, zwar aus – hm – ganz kleinen Verhältnissen, aber *femme fatale,* und Büdesheimer hätte fünf Jahre eine feste Affaire mit ihr gehabt. Es hätte gar keine Spuren bei ihm hinterlassen, er hätte vor mir nie geliebt, ich solle klug sein und mir nichts daraus machen. Mir daraus machen! Es war das erste Menschliche, was ich von ihm hörte, Gott sei Dank, daß er einer normalen Schwäche fähig war und nicht aus lauter Spitzenleistungen, Stehkragen, Tadellosigkeit und glänzender Zukunft bestand. Mama merkte sofort meine Veränderung und sagte: ›Man lernt doch nie aus! Alle Frauenzimmer sind egal und die jungen Leute sind schön dumm, wenn sie sich für euch proper halten, interessant findet ihr nur Lebemänner, so ist die Jugend von heute.‹ ›Du hast keine Ahnung von mir‹, sagte ich, ›und kannst dir deine Banalitäten sparen. Ich würde nie einen Lebemann heiraten.‹ ›Na, du kannst doch wirklich nicht leugnen‹, hieß es empört. ›Ich habe kein Leugnen nötig‹, sagte ich trocken. ›Ich bin bisher noch immer mit der Wahrheit ausgekommen. Ich habe Büdesheimer seine Körbe gegeben, weil er langweilig ist und weil ich schließlich mein Leben mit ihm zu verbringen hätte. Ich glaube nicht an vollkommene Tugend ohne etwas, was anzieht und einem wohltut. Wenn es das gibt, ist es nichts für mich. Aber wenn er ein Mensch ist wie andere auch, mit guten Eigenschaften und richtigen großen Schwächen, sieht er für mich gleich anders aus.‹ Als er dann von Helgoland wiederkam und ausnahmsweise ein bißchen nach See und Luft aussah, habe ich wie Mama gedacht ›Worauf wartest du eigentlich?‹ Die anderen waren alle nicht besser. In meiner Phantasie saß nichts, was mich auch nur einen Augenblick beschäftigte. Der Marinemann, mit dem ich immer aufgezogen wurde, *faute de mieux,* damals von der *Gardenparty* bei N's. und mit dem ich aus lauter Vorsatz einmal versucht hatte, etwas aus mir herauszugehen, war nur ein hübscher lieber Junge gewesen und hatte sich auch bis auf ein paar Karten vor der Ausreise nicht mehr gemeldet. Ich sagte also ja und wusch mir gleich nachher in meinem Zimmer die letzten Spuren der Zeremonie entschlossen ab. Nichts

Dümmeres als solch eine Verlobung, bei der der Mann seiner Sache schon ganz sicher ist. Was hätte ich darum gegeben, wenn auch nur ein Zittern in seiner Stimme gewesen wäre! Nichts. Eine glatte Sache. Als ich ja sagte, bekam er einen roten Kopf, griff nach mir und ließ die lange Wartezeit beinahe rachsüchtig an meinem Munde aus. Was soll man dabei fühlen, frage ich dich.

Du mußt nun aber nicht glauben, daß ich eine Märtyrerin aus mir machen will oder unverstandene Frau spielen oder Günther wer weiß welcher schrecklicher Dinge anklagen. Wenn es so wäre, wäre es viel besser für mich und leichter zu erzählen. Eine Detektivgeschichte mit heimlichen Verbrechen, die ans Licht kommen, ist nicht zu verfehlen. Aber erzähle du einmal eine Banalität, banal mit banal gefüttert – da bist du gleich am Ende. Von einem Manne, der säuft oder dich prügelt oder das Vermögen verspielt oder unsaubere Geschäfte macht, kannst du mit einem Worte den Hauptzipfel erwischen. Aber schildere einmal eine Null. Daß er eine Null war, wußte ich im ersten Monat der Ehe; mit allen Leistungen, Zeugnissen, Aussichten, Sich-in-die-Brust-Werfen, eine Null. Darüber war ich an sich gar nicht einmal unglücklich. Ich bin keine ehrgeizige Frau oder Gattin. Nullen sind nötig und manchmal sehr nette, ruhige, sympathische Leute. Illusionen hatte ich nicht, und zu Abenteuern war ich nie weniger aufgelegt. Warum nicht leben wie tausend andere Frauen auch, deren Männer keine Genies sind, aber für einen so sorgen, daß man gerne wieder für sie sorgt, und die es gern sehen, daß die Frau ein bißchen was für sich hat, eine Art geistiges Leben und so weiter? – Ja, das klingt nicht sehr heroisch, ich weiß. Mein Heiratsentschluß selber war auch keine sehr schwungvolle Handlung gewesen, sondern eine philisterhafte, und der damit erreichte Tiefstand fesselte mich konsequenterweise in alle seine übrigen Jämmerlichkeiten. Ich war niedergeschlagen und bescheiden bis zur Selbsterniedrigung. Ihr seid alle begabt, jede hat ein Eckchen Talent, auf das sie ihre Freiheit, krach oder brich, ins Blaue improvisiert und vor sich selber nach was aussieht. Ich hatte einen guten Kopf und sah hübsch aus, das war alles; keinen tiefsinnigen, keinen geistreichen, Gott bewahre; und ich war auch wieder nicht schön. Nie hatte ich einen klugen Mann gefesselt, und ich habe bei Aroldsens in Berlin genug gesehen – nie hatte ein netter Kerl über mich den Kopf verloren. Ich war Mittelmaß, eher drunter. Nein, du brauchst mir nicht zu schmeicheln. Das Dümmste war das Mißverhältnis zwischen dem Äußern und dem Innern. Meinem scharfen Denken nach hätte ich intellektuell und etwas männlich aussehen müssen wie die S. etwa, meinem weichen Körperchen mit der hübschen Büste und den hübschen Beinen und Schultern nach hätte ich eine schmachtende Täuberin sein müssen und gefühlvoll, »blutwarm«, wie es heißt, kosen und turteln. Oh, ich sah sehr klar über mich; große Ansprüche konnte ich nicht machen und ich machte sie auch nicht, selbst nicht, als ich bald darauf sehr hübsch, wirklich allerliebst auszusehen anfing und die Wirkung davon bei allen Männern ohne Unterschied merkte. Ich wußte genau, wie lange das dauern konnte und was darauf zu geben war. Meine Skepsis war nicht tragisch, aber sie war unerschütterlich.

Wir zogen in die Wohnung in der Leopoldstraße, und ich war eine junge Frau. Eine junge Frau? Ich war Frau Dr. Büdesheimer, *seine* junge Frau. Das wird man ja nur dem Namen nach auf dem Standesamt; die Inbesitznahme fängt dann an, und ich habe ihr nicht im geringsten widerstrebt. Warum auch? Der Würfel war gefallen, ich wollte das Wort halten, das ich gegeben hatte. Wenn er mich zur Seinen machen wollte, bitte sehr: da war ich. Und bums, es ging nicht; er hatte nicht das Zeug dazu.

Ich sollte sein Leben kennen lernen, und ich wollte es herzlich gerne. Aber es bestand aus lauter pointenlosen Geschichten, deren Held er immer selber war, und in denen allen wie die Moral in der Fabel seine Geistesgegenwart, sein Witz und seine Herrlichkeit sich nach den ersten Worten als des Pudels Kern enthüllte. Ob er eitel war? Nicht einmal das. Ich habe für richtige, naive, strahlende, idiotische Eitelkeit eine Art Gefühl, weil hinter ihr meist harmlos gute Eigenschaften stehen und oft die generösesten. Aber dieser Mensch, der da, den Arm um mich gelegt, eine Flasche Sekt mit zwei Gläsern vor sich – ›um ein bißchen in Stimmung zu kommen‹ – auf dem Sofa saß und sich in allen diesen hastig herunterschwadronierten Eigenlobgeschichten vor lauter Eifer verhedderte, dieser spitzig aufgeregte kleine Mann war gar nicht von sich überzeugt, sondern redete immer gegen irgendeinen Unsichtbaren an, von dem er fürchtete, er sei nicht überzeugt von ihm, und den er zuzudecken versuchte. Er war innerlich so ängstlich und so hohl vor Ängstlichkeit, daß er mich überhaupt erst ängstlich und argwöhnisch machte, was ich vorher gar nicht gewesen war. Was hatte er nur? Warum wollte er sich so wütend beweisen? Wer behauptete denn das Gegenteil? Sollte ich ihn vielleicht darum hingerissen zu lieben anfangen, weil er derjenige gewesen war, der einzige, der damals gemerkt hatte, daß Rücker-Schewe, ohne es zu sehen, am falschen Präparat exemplifizierte? Oder sollte er dadurch in meinen Augen zum Halbgott werden, daß Miaskowsky an das Ministerium geschrieben hatte, er nähme Gießen nur an, wenn er Büdesheimer als Assistenten bekäme? Vor allem da herauskam, daß das Ministerium Nein gesagt hatte, und der gebieterische Miaskowsky doch nach Gießen gegangen war? Wozu das alles? Ich wußte ja, er war ein tüchtiger Mediziner. Ich sagte ihm eines Tages, er brauche mich nicht wie einen Geheimrat im Kolloquium zu behandeln, bei dem er sich habilitieren wolle. Ich würde gerne einmal etwas recht Harmloses und Unbefangenes von ihm hören, einmal etwas aus seiner Kinderzeit. Er war sofort pikiert, das habe er nun davon, daß er seine Frau zu seiner geistigen Mitarbeiterin machen wolle. Ich lachte ihn aus und fragte, was er sich unter Mitarbeit dächte. Ich wäre bisher seine Schallplatte gewesen. Noch seine

Röntgenschwester sei mehr Mitarbeiterin für ihn als ich. Ich fände auch so eine Philistersofastunde mit Sekt nicht sehr arbeitsmäßig, und viel mehr zu Plauderei geschaffen. Du hättest ihn sehen sollen. Es war unser erster Streit. Er hätte immer gewußt, daß mein unfruchtbarer Intellektualismus ihn bald unbefriedigt lassen, hart und verschlossen machen würde. Verschlossen! Nachdem er drei Stunden lang sein eigenes Lob gesungen hatte. Ich dachte, sei die Klügere, vermutlich sind alle Männer so, jede merkt es eben irgendwann zum ersten Male; ich begütigte ihn also, lockte ihn wieder zum Sitzen – er war Brust heraus, Bauch hinein, Kopf zurück, Hände hinter den Schößen, durchs Zimmer gestelzt wie ein aufsässiger Hahn – und brachte ihn sukzessive mit Diplomatie auf seine Kinderzeit. Keine fünf Minuten, und er war wieder bei seinen Leistungen, seinen Erfolgen und seinen Neidern, Neidern vor allem! Was habe ich von ihnen zu hören bekommen im Laufe der Zeit. Wo immer in der Welt das große Ohren-Phantom aus lackiertem Pappmaché an der Laboratoriumswand stand, war es eine Art Ohr des Dionysius, in die Ferne gespannt, um zu erlauschen und zu erlisten, was Dr. Büdesheimer in München entdeckt hatte, und um ihm ›zuvorzukommen‹. Aber davon später. Ich ließ also alles wieder über mich ergehen, er war von dem Pferde nicht herunterzukriegen. Nur darum war er ja von der Universitätskarriere zurückgetreten, weil dort alles ihm auf die Finger guckte und ihm seine Leistungen mißgönnte, ewig weiter in diesem Tone; dann expliziert er etwas, hebt einen Zipfel vom Voile meines Kleides an und sagt: »denke dir das Trommelfellgewebe so gespannt wie dies, was ich hier eben spanne« – und hier dachte ich, »versuche doch einmal, ob du ihn nicht etwas biegen kannst« und sagte: »Apropos Gewebe, Günther, hast du eigentlich nichts Neues an mir bemerkt?« Er sah mich wild und zerstreut an: »Wieso«, sagt er, »fehlt dir etwas?« Ich lachte und sagte: »Ich habe ein neues Kleid an; wenn du schon als junger Ehemann so etwas nicht merkst, bin ich in zehn Jahren eine vernachlässigte Frau.« »Ja«; sagte er, »na ja; – sehr nett –; was ich hatte sagen wollen: mit der gemeinsten Parteilichkeit, nur weil Olczewsky die Nichte von Rathgeber geheiratet hat, wird diese meine Trommelfelltherapie, über die Cherbuliez – denke dir, ein Mann wie Cherbuliez, der außer für seine Schüler nie für einen ein gutes Wort hat, wortwörtlich geschrieben hatte: *La thérapie proposée par l'esprit hardi et innovateur* – denke mal *hardi, innovateur que Mr. Büdesheimer a été* – – nein, warte ich hole es dir.« Ab ins Nebenzimmer; aus dem Nebenzimmer: »Jetzt habe ich das Heft des *Journal des Savants* nicht, ich habe es Meier geliehen, der nicht hatte glauben wollen – glauben! sich so gestellt hatte, nur um mich zu ärgern –, daß …«. Suchen, Blättern, Bücher fallen. »Cherbuliez – –, *hardi innovateur*… Warte mal, ich muß eine Maschinenabschrift davon haben, ich hatte sie doch an Jansen beim Ministerium schicken wollen« – und so ging es weiter. Ich war sitzen geblieben und heuchelte Teilnahme. Es war ja ganz zwecklos.

Man würde sich daran gewöhnen. Und ich habe mich daran gewöhnt und Mal für Mal stichwortmäßig einfließen lassen, was er hören wollte. »Dem hast du's aber mal gegeben«, »Wie ausgezeichnet!«, »Da wird er sich einmal geärgert haben«, »Natürlich war er platt, nicht wahr?« So etwas kostet nichts und erleichtert das Leben; man sagt es schließlich automatisch und denkt dabei an den Ofen. Wenn irgend etwas an ihm zu ändern gewesen wäre, hätte ich den Kampf um sein besseres Ich aufgenommen. Aber an der Stelle, wo ich es suchte, war eine Höhle voll Gerümpel. Und gesucht habe ich, einmal wenigstens. Nach einem Streite wie dem obigen ging ich den nächsten Tag in sein Laboratorium und stellte ihn: »Da du immer von der Mitarbeit sprichst, die du an mir vermißt – komm, Günther, erkläre mir einmal deine Entdeckung und deine Behandlungsweise, nimm mich einmal richtig in dein Vertrauen; ich bin nicht für die dauernde Passivität geschaffen, ich möchte mich richtig ein bißchen anstrengen.« Er wirtschaftete nervös herum. »Gewiß«, sagte er, »nichts leichter als das, aber nicht heute, heute abend ist Medizinische Gesellschaft – mein Referat.« »Also morgen«, sagte ich, »wann also? Gleich nach der Sprechstunde?« »Ich bitte dich«, sagte er empört, »wie oft soll ich dir wiederholen, daß, wenn ich nicht nach der zweistündigen Anstrengung penibelster Untersuchungen mich eine Stunde aufs Sofa lege, aus dem Mikroskopieren nachmittags nichts wird!« Ich tue Buße wegen meiner verbrecherischen Gefühlsroheit – er stand als Bild der Gesundheit vor mir und versuchte leidend auszusehen – kurz, ich tue Buße und sage dann »abends? statt des Zusammenhockens und Klatscherzählens könnte man ja vielleicht auch einmal –« »Du bist ja sehr liebenswürdig aufgelegt«, rasselt er, »aber gut. Morgen um halb neun hier.« Am nächsten Tage erscheine ich nach Tisch pünktlich und bin, verzeih den Kalauer, ganz Ohr. Er zeigt mir das Phantom, das ich natürlich nach allem ewigen Gerede schon bis zur Bewußtlosigkeit kenne und selbst zerlegen könnte und machte dann ein paar Redensarten über die Paukenhöhle. »Nun und?« frage ich. »Ja, das ist es eben«, sagte er. »Von hier an wird es zu wissenschaftlich für dich.« »Eben«, sage ich, meine ganze Wallung unterdrückend, »das ist es ja gerade. Mich interessiert gerade das streng Wissenschaftliche, und nicht das Populäre. Das hast du eben«, fahre ich gewinnend fort, weil ich entschlossen bin, restlos hinterzuhaken, »das hast du eben im Laufe der Zeit aus mir gemacht; man ist doch nicht umsonst die Frau eines großen Ohrenarztes«, (großen, notabene, sage ich wirklich) »man möchte wissen, worin seine Fortschritte bestehen.« Geschmeicheltsein kämpfte auf seinen Zügen mit etwas Fremdem und Ängstlichem, es war wie ein Krampf. »Nun ja«, sagte er schließlich, »der Laie muß sich in der Wissenschaft eben fast immer mit der Tatsache als solcher begnügen; darin kannst du keine Ausnahme machen.« »Aber Günther! Wenn ich dich bitte?« »Bitte!« machte er mir gereizt nach, »woher kommt plötzlich dieser Wissensdurst bei dir; wenn ich wüßte, daß er echt wäre, könnte man ja sehen. Du hast dich wohl vorgestern abend beim Senatsessen mit dem Laryngologen, der ein so fesselnder Causeur ist – *höchst* fesselnd muß ich wirklich sagen – so angeregt über neue Therapien unterhalten, daß jetzt auch für mich ein Bröckchen Spezialinteresse abfallen soll. Ich bin allerdings als Mann der Wissenschaft kein Causeur, und diese Materie hier ist keine Diner-Unterhaltung.« »Günther«, sage ich, »dies tut doch alles nichts zur Sache, und du regst dich ganz unnütz auf. Du hast mir versprochen, mir deine neuen Arbeiten vorzudemonstrieren, und hier bin ich.« »So habe ich dies nie gesagt«, gibt er zurück, »du nimmst statt des Fingers den ganzen Arm, mein Kind. Worin das Wesen einer so folgenschweren Entdekkung besteht« – er zögerte. »Nun?« sagte ich. »Ergänze dir den Rest.« »Dazu bin ich zu sehr Laie«, sage ich, »gönne mir auch die Lösung des Rätsels.«... »... das sagt ein vernünftiger Mann noch nicht einmal seiner Frau.« Ich war starr. »Frauen, die auf ihren Mann so eitel sind wie du, mein Schatz«, fuhr der Ahnungslose fort, »lassen sich irgendwann mal eine Andeutung entwischen, und man ist geliefert.« Ich hatte mich schon zum Gehen gewandt, er kam mir nach und wollte zärtlich werden »Was, kleine Delila, mich schwach machen und dann dem Simson« ... »Du ein Simson«, sagte ich verächtlich und machte seine dünnen Arme von mir los: »Wenn du die Dimension ahnen könntest, in der ich dich vor mir sehe« und damit überließ ich ihn sich selber. Nach zwei Tagen war Gras drüber gewachsen. Man lebt zusammen und nachtragen und austragen ist praktisch unmöglich. Aber wie diese Lotti, ohne mit ihm verheiratet gewesen zu sein, dies fünf Jahre ausgehalten hatte, war mir ein Dunkel. *Femme fatale?* Irgendeine Näherin vermutlich, die zu ihm aufsah.

Über die sonstigen Beziehungen habe ich keine Lust viel zu reden und du kannst dir denken, daß ein solcher Mensch keine Frau gewinnen kann. Wenn er nur nicht von der unaufhörlichen Angst besessen gewesen wäre, für keinen Mann in des Wortes verwegenster Bedeutung gehalten zu werden und von dem Bedürfnis des Redens, des Sich-Herausstreichens, des Sich-in-die-Brust-Werfens. Die andern mochten ihre Frauen an Liebhaber verlieren, er nicht, weiß Gott nicht. Man sei nicht umsonst Arzt und durch exakte, physiologische Bildung gegen sentimentale Irrtümer gesichert. »Aber welche Liebhaber denn, Günther«, erlaubte ich mir gelegentlich ironisch bescheiden einzuwerfen, »ich sehe doch niemanden, kenne niemanden.« »Oh, ich meine nur so, generell«, hieß es dann; eine mehr allgemeine Gefahr, gegen die er das Zaubermittel besaß, eine urgesunde Vollmännlichkeit, die das Weib nie auch nur einen Augenblick darben läßt. Das sei die Wurzel aller Unbefriedigung, die schließlich sich auf allen Gebieten des weiblichen Innen- und Außenlebens unter teilweise verwirrender Maske geltend mache. Und ähnliches Artikeldeutsch. Er redete davon wie von einer rechtzeitigen Operation oder Behandlung. Ich war das zu behandelnde Objekt und die Verschwiegenheit über seine Entdeckungen in Ohrenheilkunde war hier gegen eine blöde Redseligkeit eingetauscht, die mich wach hielt bis zur Verzweiflung, zum Ausbruch, zur Raserei. Mit einem Manne, mit dem man die Seele nicht teilt – so regelmäßig wie man ißt und trinkt den Körper teilen, ist an sich platt genug, aber dreiviertel aller Frauen auf Erden sind in der Lage und kommen mehr oder minder leicht darüber hinweg. Aber eine Situation, die nur durch beiderseitige, meinetwegen ganz elementare und momentane Besessenheit entschuldigt oder erklärt wird, in der Form von Belehrung, Beweis und Exempel für die Richtigkeit des einen Verfahrens und die Unrichtigkeit des andern erleben zu müssen, entschuldigt meiner Ansicht nach Mord und Selbstmord. Kinder wollte er noch nicht. »Später«, hieß es, »erhalte dir doch noch ein paar Jahre deine Jugend und Blüte, es ist ja noch immer Zeit.« Ob ich mir welche wünschte? Heut ja, um etwas Gegengewicht gegen ihn und eigenen Inhalt zu haben, morgen nein, weil ich mir seine Kinder wie ihn selber dachte, oder, in den trübsten Augenblicken, wie mich selber. Was blieb? Die Wohnung hatte acht Zimmer, die beiden Dienstmädchen waren kaum beschäftigt, das Telephon erledigte alles. Gewaschen, geknetet, gequirlt, Schaum geschlagen, zum Sieden gebracht und was nicht sonst, wurde elektrisch. Ich habe nach der Scheidung ein Jahr lang, wie du vielleicht nicht weißt, das Sanatorium Schloß Arnshoven mit zweihundertvierzig Patienten und Personal wirtschaftlich unter mir allein gehabt,

Küche, Vorräte, Zeugkammer, Waschhaus, Beschaffung, Buchführung – nur um mich auszuarbeiten; die Anlage dazu haben wir von Mama, die eine große Hausfrau ist. Du kannst dir also denken, daß mein Haushalt in Minuten erledigt war, bis auf die Gesellschaften.

Gesellschaften mußten natürlich gegeben werden, unaufhörlich, teils als Gegenseitigkeit, teils aus Karrieregründen, teils weil er gleichzeitig um mich beneidet werden wollte, und, so paradox es klingt, vor dem Neide zittern. Ich will ihn dir keineswegs zu schwarz malen. Er glaubte wohl, mich zu lieben und seine volle Pflicht an mir zu tun, indem er mich nach seinen Verhältnissen sehr üppig hielt, es mir an nichts fehlen ließ. Da nichts davon einer wirklichen Wärme entsprang, erwärmte es mich nicht. Ich war für ihn in der Art meines äußerlichen Auftretens, einschließlich Toiletten, Schmuck und allgemeinen Luxus die Wandelreklame seiner Stellung, seiner Einnahmen und seiner Lebenshaltung: nach mir wurde er klassiert. Ebenso sah er die Geselligkeit im eigenen Hause an. In der allerersten Zeit hatte er einen ganz sympathischen und jugendlichen Stolz darauf, bei sich selber repräsentieren zu können, aber diese Blüten fielen bald und es sah ein plumper Fruchtknoten unter ihnen hervor. Stundenlang vor Eintreffen der Gäste wurde mir das Benehmen, das ich gegen jeden zu zeigen hätte, streng vordosiert; gewinnend gegen jenen einflußreichen Geheimrat, ein bißchen kühl zu jenem Konkurrenten, nicht gar zu intim zu X, bedeutungsvoll mit Y, recht kühl gegen die jüngeren Leute. Als ich sagte, Kühle wirke bei jungen Leuten besonders anziehend, lehnte er solche Paradoxien entschieden ab. Nachher gab es Manöverkritik. Ich hätte mit Z zu lange getanzt, beim Tanzen mit V. zu unkonventionell gelächelt; wäre zu dem scheußlichen alten Pank, der – weißt du – immer zerstreut handgreiflich wird, zu schnippisch gewesen. Ich sagte darauf, Pank sei mir so widerwärtig, daß ich meinen Ton gegen ihn nicht ändern würde, und wenn Günthers ganze Karriere darüber scheiterte. Er zuckte die Achseln. Diese Prüderie fände er ganz unzeitgemäß und unpolitisch. Was denn in einer großen Gesellschaft schon passieren könne! Niemand nehme ihn doch ernst. »Aber ich«, sagte ich scharf, »nehme mich ernst und das genügt.« Dann sollte ich es gefälligst auch mit Leuten tun, die mir so sympathisch wären wie Pank antipathisch. Wen er meine? Oh, er wolle nichts gesagt haben. Ich hatte ein so gutes Gewissen, daß ich energisch wurde und Namen verlangte. Was glaubst du, was losbricht? Ein Register, ein Katalog, eine Quartalsrechnung von aufgesammelten Beobachtungen, die er gemacht haben will. Alles Hirngespinste, die reine Phantasmagorie, nichts wahr. Hier hätte ich Blicke getauscht, dort beim Tanzen eine Hand gedrückt, da und da richtig geflirtet. (Ich hatte in Wirklichkeit mit der Marie Bauditz zusammen einen Trottel aufgezogen.) Er wisse leider genau, daß meine Phantasie andere Wege ginge, aber ich irrte mich, wenn ich glaube, er sei ein bequemer Ehemann. Er habe die Augen offen und die Ohren auch. Was hätte ich dem kleinen Gessely, dem Assistenten von Marx, noch in die Garderobe nachgerufen? Er habe es zwar genau gehört, aber es wäre ihm interessant, zu hören – und so weiter. »Die niedrigen Galoschen!« sagte ich, vor Lachen platzend, »weil er das letzte Mal in meine hohen geschloffen war, die er tags drauf zurückgeschickt hat. Wir haben den gleichen Fuß.« »Niedliches Goscherl hast du gesagt, ich kann darauf schwören!« »Du bist verrückt«, brüllte ich vor Lachen los, »du bist ja ein …« »Nun was ich auch immer bin, ich bin nichts mit Hörnern«, sagte er wütend, zieht den Schlafrock an und geht in sein Schlafzimmer. Dies war denn doch zu mordsdumm, ich gehe ihm über den Flur nach; er hat sich eingeschlossen. »Günther?« »Was willst du noch?« »Dich sprechen.« »Ich bin müde.« »Günther, kannst du mit dem Gewissen einer solchen Dummheit und Ungerechtigkeit einfach schlafen? Ich könnte es nicht.« Er knipst Licht und kommt an die Tür, eine Zeitung in der Hand, im Pyjama. Ich sage: »Handle mal als ein anständiger Mensch und bitte mich sofort um Verzeihung.« Da kennst du ihn schlecht. »Ich finde solche Zeremonien, offen gesagt, theatralisch, und wenn du ein gutes Gewissen hast, kannst du ja das Ganze als ungesagt ansehen.« Ich verschlucke meine Verachtung. »Ich möchte wohl wissen, was du im umgekehrten Falle mir geantwortet hättest.« »Dir?« sagt er erstaunt. »Das kannst du doch überhaupt nicht vergleichen. Du kannst doch nicht in der dauernden Nervosität leben, mich zu verlieren. Du bist meiner ja ganz sicher.« Mir riß die Geduld. »Und wenn ich in einer solchen erniedrigenden Vorstellung lebte, wie die deine zu sein scheint, so würde ich dich entweder glatt zum Teufel schicken, oder alles, was ich bin, dransetzen, um dich zu gewinnen – ich meine nicht zu kaufen oder zu bestechen oder zu umnebeln, sondern dir durch meine Hingebung deine Hingebung zur Notwendigkeit zu machen, zum Bedürfnis, verstehst du mich?« Und damit schlug ich ihm seine eigene Türe zu. Er ging ruhig zu Bette und steckte alles ein. Ich wußte, woran ich mit ihm war, und nahm mich aus Klugheit noch mehr als aus eigener Gewohnheit mit Dritten auf das peinlichste in acht. Er war schließlich mein Mann, war mir treu, und ich durfte eigentlich nichts tun, was seine unmännliche Krankheit steigern konnte. Wir hatten unser Leben erst gerade angefangen und es mußte doch normal weitergehen. Ich war mit allen so gleichmäßig ich konnte, ließ mir Vorwürfe, auch von Günther selber, wegen meiner Leblosigkeit unbekümmert machen und weitermachen und schloß die Augen gegen jedes auch nur vom weiten Gefällige an Betragen oder Gespräch oder Aussehen anderer. Ich erschlaffte vor lauter Abstellung geradezu. Ich kam mir manchmal wie scheintot begraben vor. Welch ein Leben und wie sollte es weitergehen! Dabei vergrößerte sich Günthers Praxis und seine Einnahmen, ich wurde beneidet wegen der vorzüglichen Partie, die ich gemacht hatte, obwohl dazwischen – wie ich aus Blicken und Andeutungen merkte – nicht alle Spannung und Verstimmung unserer Ehe unbemerkt geblieben war. Mein Schlaf war damals schlecht geworden, meine alten Migränen kamen wieder, und im Frühling fuhren wir, weil auch Günther einen Ausspann nötig zu haben behauptete, für ein paar Wochen nach einem entzückenden Nest bei Lugano. Nie war wohl Günther so unerträglich gewesen wie auf dieser Reise; den ersten Tag ganz nett für seine Verhältnisse, Studentenlaune markierend, den Betörer mit den Mitreisenden im Coupé spielend, und vor diesen, wohlgemerkt, unterstrichen galant zu mir, dann in S. Angelo al Monte angekommen, plötzlich sich auf den Schwerleidenden, von Forschungsqual Erschöpften umstimmend. Das ganze Personal des kleinen Wirtshauses mußte für ihn auf den Beinen sein. Die Tochter mußte ihm den Liegestuhl hinaustragen und fünfmal den Ort wechseln, bis er zufriedengestellt war. Dem Alten wurde sein Marsala kritisiert, und er mußte nach Lugano hinunter, um den ganz echten Stärkungstrank für den großen fremden Professor aufzutreiben. Der Sohn, der uns bei Tisch bediente, trotz Italienertum ein hübscher, blonder, lockiger Mensch von achtzehn oder neunzehn Jahren, mit etwas Lachendem und Jungem im Gesicht, das seine offene gute Natur anzeigte, wurde dauernd geschurigelt. Bald dauerte es zwischen den Gängen zu lange, bald war die Suppe kalt, bald das Salz verunreinigt. Ein richtiges Berliner Reiseekel war nichts gegen diese Posen und diese dauernde Unruhe. Als eines Tages Leone – so hieß der Wirtssohn – wieder wegen irgendeines harmlosesten Grundes angetölpelt wurde, und zwar an einem Tage, an dem es mir so wenig gut ging wie Günther sichtlich ausgezeichnet, stieg mir die unterdrückte Aufregung über dies Benehmen so zu Kopfe, daß mir schlecht wurde und ich aufstehen mußte, um mich einen Augenblick hinzulegen. Ich ahnte dunkel, daß hinter Günthers Torheiten nur wieder eine Eifersucht, vermutlich auf den gutmütigen schönen Menschen, steckte, und merkte, wie mir vor Überdruß die Augen übergingen. Günther hatte ruhig weitergegessen.

Als es oben klopfte, sagte ich »Herein«, weil ich dachte, er wäre es. Aber es war der hübsche Leone, der treuherzig in der Tür stand und mich fragte, wie es mir ginge und ob er mein Essen heraufbringen sollte. Ich war, als ich ihn sah, aufgestanden und suchte meine Tränen zu verbergen, er kam zögernd näher und streckte in einer hilflosen Weise die Hand aus. Mein unsinniger Impuls war etwas wie, ihm um den Hals zu fallen, ihn an mich zu drücken, irgend etwas Bewußtloses, ich weiß nicht was, zu tun, mich in einen Menschen, an einen Menschen aufgehen zu lassen und mein zerdrücktes Herz zu lösen. Aber das war natürlich nur ein Zuck, ich war meiner so Herr, daß es natürlich zu gar nichts kam, und ich einfach »Danke, nichts« sagte und bat, meinem Manne zu bestellen, ich käme gleich wieder hinunter. Nachher sagte ich, S. Angelo bekäme mir nicht, und wir reisten ab. Die Reise wurde nicht schöner, aber es passierte nichts Wichtiges mehr. Und so waren wir wieder glücklich in München.

In der Post, die auf uns wartete, lag bös und gut wie immer durcheinander. Mama war krank, Günther hatte an einem bombensicheren Papier – er hörte auch in Banksachen das Gras wachsen – bombenmäßig verloren, das Hausmädel kriegte ein Kind und kam aus dem Urlaub nicht wieder, der kleine Walter von Major von Elsholtz hatte Mittelohrentzündung, noch leicht, aber Frau von Elsholtz wartete angstvoll auf Günthers Rückkunft, den Telephonhörer im Arbeitszimmer, der schadhaft gewesen und abgeholt worden war, hatte man noch nicht wiedergebracht, und so mußte aus unserem Schlafzimmer oder dem Laboratorium im zweiten Stock telephoniert werden, und unter den Karten war, nach Jahren das erste Lebenszeichen, eine von Freinsheim aus Passau, der von unterwegs schrieb, er käme zum eben beginnenden Kongreß der inneren Mediziner nach München und bäte, ihm ein Hotelzimmer zu besorgen, da er sich zu spät eingetragen habe und der Wohnungsausschuß nicht mit ihm rechnete; er freue sich gleichzeitig, uns nach so langer Zeit wiederzusehen. Günther war sichtlich entzückt. Er hatte schon immer anzudeuten gepflegt, daß er Freinsheim bei mir ausgestochen habe – anscheinend hatte Mama ihm diesen Schmeichelfloh seinerzeit ins Ohr gesetzt – und freute sich jetzt ganz augenscheinlich darauf, dem seinerzeit Abgefahrenen mich als seine Siegesbeute vorzudemonstrieren. »Wir müssen ihn natürlich zu einem kleinen Diner einladen, überlege dir doch einmal ein bißchen, wer zu ihm paßt.« Dann wurde Fräulein Kleinjohn, die Schwester, angewiesen, an den Kongreß-Wohnungsausschuß und die Hotels zu telephonieren, sie äußerte sich aber sofort skeptisch: »Wie denn, jetzt in München ein Zimmer, ganz ausgeschlossen! Sie haben doch die Schützenfestplakate gesehen« – richtig! Es war ja wieder eine Gaudi. Wir hatten es vom Auto aus halb gesehen, halb, weil man das ja in München gewöhnt ist, schon übersehen und halb vergessen. Richtig waren alle Hotels überfüllt; man schlief schon in den Badezimmern und Offices, und auf den Billards. Der Ausschuß erhob die Arme ohnmächtig zum Himmel. Vielleicht Privatwohnung, man müßte sehen. Günther, der schon bei Elsholtzens war, rief an und wollte einen Instrumentenkasten, ich gab ihm die Hotelhiobspost wegen Freinsheim, er antwortete eilig: »Dann müssen wir ihn eben einladen, mach das gleich«, und war wieder weg. Ich telegraphierte Freinsheim: »München Schützenfest überfüllt, bitten bei uns vorliebnehmen« und ließ das Gastzimmer richten. Eine Stunde später kam Günther zu Tisch. Der Elsholtzsche Fall war ohne Bedeutung, aber er hatte zwei andere Schwerkranke. Das mit Freinsheim habe er sich anders überlegt. Für Logierbesuch kenne er ihn doch zu wenig. Dabei sah ich den krampfigen Zug in seinem Gesichte, den ich genau kannte. »Zu wenig?« frage ich – »Ihr nennt euch von der Greifswalder Blase her du, seid Kollegen, er hat in meinem Vaterhause verkehrt, kennt uns alle – und die Hauptsache ist, ich habe ihn direkt und dringend eingeladen.« »Diese Voreiligkeit!« zankte er. »Konntest denn du nicht auf mich warten?« »Ich bitte dich, Günther«, sage ich ungeduldig, »du gibst mir telephonisch die Weisung, die Zeit drängt, übermorgen ist die Eröffnungssitzung, Freinsheim ist unterwegs und bittet um Drahtangabe des Hotels – ich finde wirklich alle weiteren Diskussionen überflüssig. Erreichen kannst du ihn nicht mehr. Wenn du ihn zu anderen ausladen willst, überlege dir bitte gleich einen triftigen Grund, den du dort angibst, warum du ihn nicht selbst beherbergst, obwohl du ihn noch eben eingeladen hast – wie er doch seinen eventuellen neuen Wirten gleich erzählen wird. Du erschwerst alle einfachsten Dinge. Ich tue nichts mehr, mach, was du willst, aber laß mich aus dem Spiel, ich mache keine Notlügen mit. Wenn er nicht bei uns wohnt, nach ausdrücklicher Einladung, lade ihn auch nicht zum Essen ein. Ich stelle mich nicht ohne jeden Grund gegen harmlose Leute schief.« Er brummte und wütete und wollte eben wieder anfangen, als das Telephon Tusch blies und die Köchin Ferngespräch aus Landshut meldete. Es war Freinsheim. Günther ging ins Schlafzimmer und ich ihm nach. Er fiel am Telephon sofort wieder um und lud Freinsheim sozusagen freundlich ein. Dann hieß es »Wen? Meine Frau? Gewiß, einen Augenblick, wird sich sehr freuen.« Ich nahm den Hörer. Freinsheims Stimme, sonst gar nicht tief, dröhnte einen Baß durch den Draht. Ob er mir nicht große Unruhe und Mühe verursache. Beruhigung meinerseits. »Tausend Dank! Auf Wiedersehen, auf Wiedersehen.« Günther saß auf dem Sessel neben dem Bett und beobachtete mich. Es war mir völlig gleichgültig, und ich ging ins Eßzimmer zurück, um endlich zu meinem Schnitzel zu kommen. Ich war von der Reise mit dem Entschlusse heimgekommen, mich nicht mehr irritieren zu lassen, sondern fest und gleichmütig zu bleiben und nur seine Sprünge möglichst nicht zu achten. Als er endlich an den Tisch kam, aß ich ruhig weiter, klingelte und veranlaßte den – statt der kindsnötigen Mali angenommenen – Lohndiener, dem Herrn zu servieren. Günther stopfte in sich hinein, ohne mich anzusehen und ohne ein Wort. Der fremde Diener genierte ihn. Ich sagte mit Rücksicht darauf: »*I dare say you feel better now everything is settled at last.*« Sein Englisch ist kümmerlich, sein Französisch etwas besser, und er schwieg. Dann im Arbeitszimmer bei Kaffee und Zigarre – er haßt Zigaretten – legte er los.

Zwar nicht sofort, es ging bei ihm hin, her und hin. Da siehst du, wie genau ich mich zu sein bemühe. Du mußt dich überhaupt nicht wundern, daß ich jetzt alle Details miterzähle. Von hier ab ist für mich die Geschichte wie ein einziges Stück geschmolzenes Glas; ich kann nicht mehr das Wichtigste herausheben und Belangloses verschweigen. Was kann da für mich belanglos sein? Alles hatte seine besondere Bedeutung. Für dich kann das natürlich nur im beschränkten Maß der Fall sein, aber ich denke mir, bei der Ungeheuerlichkeit dessen, was schließlich kam und wie es kam, mag immerhin gerade die eine oder die andere Kleinigkeit dir das Verständnis erleichtern, die jemand anders als ich nicht der Rede wert fände. – Günther stelzte also paffend durchs Zimmer und jagte das Gespräch in der Weise, die ich nie an ihm ausstehen konnte, von Stichwort zu Stichwort, nervös und ungezogen hin und her, über alles verdrossen, über das meiste kläglich, und mit lauter halben, törichten, übertreibenden Sätzen, in denen kein gerades und treffendes Wort war. Ich fühlte währenddes, oder vielmehr wußte, daß er nur an Freinsheims Besuch dachte, hinter seinen Worten und wartete auf den Moment, an dem die Stricknadel aus dem Beutel stechen würde, wie unser armer Papa bei Mama zu sagen pflegte. Aber er spielte lange Verstecken, bis es endlich hieß »Ja, apropos Freinsheim. Natürlich hast du eigentlich Recht gehabt, daß man ihn, nachdem das Unglück mal geschehen war, schwer wieder ausladen konnte, ohne Kommentare heraufzubeschwören; nur keine Kommentare, es wird ohnehin gerade genug geredet; in meiner Stellung, ich meine bei dem ganzen – ja für mich hochwichtigen – Für und Wider, das meine Entdeckungen endlich hervorrufen, darf meine bürgerliche Haltung nie aus dem Rahmen des Konventionellen heraustreten; soweit das durch Freinsheims Aufenthalt in meinem Hause ohnehin geschieht, muß das mit größter Klugheit wieder, nach außen hin, meine ich, glatt gezogen werden.« Pause. Ich kannte ihn und merkte, daß ich gespannt gemacht werden sollte, durch diese mysteriösen Einleitungen. Ich sollte fragen: »Warum denn, wieso denn, was meinst du eigentlich, warum tritt ein gleichgültiger Logierbesuch eines angesehenen Kollegen in geachteter Stellung bei uns aus dem Rahmen des Konventionellen?« Aber diesen Gefallen tat ich ihm nicht. Ich wollte ihn einmal sich ganz entfalten lassen und auf seine geheimen Absichten aufpassen. Denn absichtsvoll, das war er, das merkte ich. Es steckte etwas dahinter, und im Frage- und Antwortspiel hätte er es verstecken können; wenn er weiterreden mußte, hatte ich es in ein paar Minuten heraus. Ich häkelte also an meiner kleinen Spitze ruhig weiter und sagte nur: »Du mußt noch für Zigaretten und Briefpapier auf seinem Tische sorgen, ich konnte nicht an deine Kassette heran.« Er ärgerte sich, räusperte sich, zündete die ausgegangene Zigarre wieder an und fuhr fort: »Du wirst dich natürlich wundern – zwar weiß man bei dir nie – warum ich, nachdem ich anfänglich mich gefreut hatte, den eigentümlichen Herrn wiederzusehen, jetzt meine Einstellung gegen ihn anscheinend verändere, da er eben nicht nur an meinem Tische sitzt, sondern – also, eben, ich weiß nicht, wie ich es bezeichnen soll, mein oder unser Hausgenosse auf zirka eine Woche wird.« Neue Pause, ich sollte wieder heran. »Wundern?« sagte ich gleichgültig – »Gott, man sieht so viele Dinge einmal so an und dann wieder anders. Was man nicht geradezu aus sich heraus tut, sondern es wird einem mehr aufgedrungen, wie jetzt diese Sache, tut man immer ein bißchen halb gern und halb ungern, bis es soweit ist; nachher ist alles ganz banal und meist sogar etwas netter als man geunkt hatte.« »Nun«, sagte er spitzig, blieb stehen und zwirbelte an seinem Bärtchen, »du bist ja heut außerordentlich philosophisch aufgelegt; Sentenzen, Gemeinplätze, während ich einen vorliegenden Fall sachlich mit dir zu erörtern suche.« »Sachlich erörtern?« sage ich unschuldig gedehnt. »Darauf warte ich ja gerade, Günther; bisher redest du nur um die Sache herum, so als ob sie dir peinlich wäre; wenn sie das ist, laß sie doch bitte ganz unerörtert; mir ist sie, offen gesagt, ganz gleichgültig. Freinsheim ist mir einfach egal, nicht so, nicht so. Ich für mich finde solch einen Hausbesuch ganz so konventionell wie einen *five o'clock tea,* vor allem in diesem Falle; es liegt gar keine zwingende Veranlassung vor, unbedingt dadurch intimer miteinander zu werden. Das kann jeder durch bloße gesellschaftliche Formen ganz so drehen, wie es ihm paßt.« »Nun also«, sagt er sichtlich erleichtert, »dann ist es ja ausgezeichnet; dann sind wir ja ganz einer Meinung; mehr hatte ich ja gar nicht sagen wollen. Meine ganze – soll ich sagen Bedenklichkeit war mir ja lediglich durch meine Rücksicht auf dich diktiert worden.« »Ach ich bitte dich«, sagte ich und zuckte die Achseln. »Und wenn du ahntest«, fuhr er mit erhobener Stimme sich ereifernd fort, »wenn du ahntest in welchem Maße, so dürftest du mir allerdings Dank wissen, allerdings dürftest du das.« »Ich weiß dir schon Dank«, sagte ich ebenso papieren zurück. »Aber ich habe dir ja schon gesagt, Freinsheim interessiert mich ja auch nicht so viel; ob er besser oder schlimmer als andere ist, spielt gar keine Rolle dabei. Wenn er ein bißchen schlimmer ist, kann er mich dadurch nicht tangieren, und wenn er ein bißchen besser ist, ändert das nichts für mich.«

»Ein bißchen besser! Ein bißchen schlimmer.« Günther stand mit hochgezogenen Schultern da und rief mit den Augen den Himmel zum Zeugen meiner Blindheit an. »Ich glaube wirklich, du ahnst nicht, von welcher Art Mann du redest! Ich sehe in der Tat, daß ich dir die Augen öffnen muß. Freinsheim ist ein völlig – – aber verstehe mich recht, ein völlig skrupelloser Mensch! Von jeher gewesen! Immer geblieben! Nach meinen letzten Nachrichten heut noch wie immer geblieben! Es tut mir leid, über einen Kollegen und ehemaligen Bundesbruder so aburteilen zu müssen, es liegt, wie du weißt, gar nicht in meiner Art, und unter uns Männern, Gott, wir waren alle keine Duckmäuser, kann ich wohl sagen, ›die Feder am Sturmhut in Spiel und Gefahren ...‹ und so weiter, na, du kannst es dir ja denken – eben überschäumend, wie es in den Jahren sein muß – man muß ja in gesetzteren Jahren auch was zu bereuen haben, was? – – (Ich sah Günther vor mir, »überschäumend«, als jungen Goethe) – na, und wir untereinander werfen uns nichts vor, hauen uns auf die Schulter, wenn wir uns treffen, zwinkern uns zu und sagen ›Alter Junge, was? damals!‹« – Mir wurde bei diesen Tönen geradezu physisch schwindlig; ich rückte meinen Stuhl unter dem Vorwande, besser zu sehen, ans Fenster, nur um ihn nicht anblicken zu müssen, denn es war plötzlich gewitterdunkel geworden und draußen klatschte Regen. »Nun also mit einem Worte, was hatte ich sagen wollen? Also: gewissenlos in des Wortes höchster Potenz.« »Das klingt ja gefährlich«, sagte ich. »Nur für harmlose

Uneingeweihte, verstehe mich«, orakelte er, wesentlich sicherer als vorher. »Für solche, die auf ihrer Hut sind, ganz ungefährlich.« »Wirklich?« sagte ich ermunternd. »Völlig, völlig. Wer ihn durchschaut hat, ist erhaben über ihn; überhaupt hat er so ziemlich ausgespielt; man ist doch nachgerade auf jedem Gebiete ziemlich allgemein hinter ihn gekommen. Diese Airs, die er sich gibt, ziehen nicht mehr. Damit kann er den Schlawinern imponieren, und in den Wiener Salons Aufsehen erregen. Die ernste Wissenschaft, dies dürfte heut das abschließende Urteil sein, hat wenig von ihm zu erwarten.« »Worin bestehen eigentlich diese Airs? Nur damit ich auf der Hut bin!« fragte ich mit künstlichem Ernst. Er war so im Zuge, daß er die Ironie schon nicht mehr hörte. »Ach, das ist schwer zu sagen. Solche Beschreibungen schlagen nicht in mein Fach. Du kennst ihn ja, etwas besser, als er dich gekannt zu haben scheint – muß ich dringend hoffen. Du wirst ja sehen; denke bei allem ›Pose‹ und du bist nicht weit vom Ziel. Denke bei allem ›was will er damit?‹ und er ist schon mattgesetzt. Denke, ›dies ist nicht wahr; dies kostet ihn gar nichts zu sagen; dies wird er weder wahr machen noch halten‹ und so weiter. Schauspieler, alles Worte, nichts dahinter. Reine Effekthascherei.« »Und was will er damit?« »Ach, er sieht, was er kriegen kann; er ist kein Kostverächter; ihm ist eine wie die andere, oder einer wie der andere. Er ist ja von seiner Unwiderstehlichkeit so überzeugt. Alles hat ihm zu Füßen gelegen, alles hat nach ihm geschmachtet. Das redet er sich ein; und anderen, und hier beginnt die Gewissenlosigkeit kriminelle Formen anzunehmen – leider auch.« Ich hatte seine Anspielungen, von denen ich merkte, wo sie hinauswollten, geflissentlich überhört; ich wußte, daß er sich immer tiefer in seine Kleinlichkeit hineinlog, und er fing an, mich kalt zu amüsieren. Ich hatte Freinsheim zwar nicht sehr nahe gekannt, aber gut genug, um zu wissen, daß dies alles eitel Flunkerei war und überhaupt nichts mit ihm zu tun hatte. »Merkwürdig«, sagte ich, »daß solche Menschen eine Rolle spielen können; wenn er so ist, wie du ihn, ich muß schon sagen, brillant schilderst, müßte er es doch eigentlich schon von Anfang an zu nichts gebracht haben; da ist doch sicher ein Teufel im Spiele?« »Einer! Der leibhaftige Satan! Wie könnte man es sich sonst erklären, daß er immer wieder alle im Sack hat! Während soviel wahres Verdienst, das eben nur den Vorzug der gewissenhaften Schlichtheit hat –« er verschluckte sich. »Alle im Sack?« fragte ich erstaunt, »du hast doch gerade gesagt, man wäre ziemlich allgemein hinter ihn gekommen?« Er wurde richtig rot, ich hatte mich nach ihm umgesehen. »Na, das läuft eben so nebeneinander her; ›von der Parteien Gunst und Haß verwirrt, schwankt sein Charakterbild ...‹«, er stockte, das Zitat war ein Reinfall. Ihm schwante, daß Wallenstein doch vielleicht ein richtiger Held ist. Aber er fand nicht mehr heraus. Ich wollte die Niederlage nicht zur Katastrophe werden lassen, nahm meine Häkelei und stand auf, weil ich noch anzuordnen hätte. Er stand ratlos, schluckte und wechselte die Farbe, ich ging zur

Tür; er rief mich zurück. »Das Kurze und Lange von der Geschichte ist, daß er, wie ich aus sicheren Quellen weiß, nicht dein Freund ist; vermutlich hat er es nicht verwunden, daß er bei dir damals abfuhr.« Da war es also heraus; er hatte sich also wirklich zu dieser letzten Panikhandlung erniedrigen müssen. »Seit wann weißt du das?« – fragte ich kühl. »Seit – nun das tut kaum etwas zur Sache: verlaß dich darauf, daß es so ist. Solche Naturen verzeihen keine Abfuhr.« »Weil das Motiv nämlich auch falsch ist«, fuhr ich fort. »Er ist bei mir nicht abgefahren und hat nichts zu verzeihen oder nicht zu verzeihen. Er war ein Hausverkehr wie alle, trat nicht hervor, hat sich nie um mich beworben, mir nie den Hof gemacht, ich war viel zu jung, um ihn zu interessieren – glaube ich, und also stimmt jedenfalls das Motiv nicht. Wer sind deine sicheren Quellen? Aber es hat keinen Sinn, darauf einzugehen; wenn er ohne Grund schlecht von mir gesprochen hat, ist das natürlich niederträchtig.« Im Augenblicke, in dem ich ging und er noch etwas sagen wollte, kam das Telephon aus dem Schlafzimmer, er fluchte über die Hörergeschichte und lief weg. Dann kam er mir in die Speisekammer nach. »Der kleine Elsholtz hat wieder große Schmerzen, ich muß hin«, sagte er bissig. »Und ich hätte noch so viel mit dir zu bereden.« Ich mußte eine Abschiedszärtlichkeit ertragen, auf deren Grund ich sah – bis ins Bodenlose.

Zwei Stunden später kam Freinsheim an, wusch sich und sagte mir nur einen Augenblick guten Tag, denn er mußte seine versäumten Eintragungen nachholen gehen und, wie er mir schnell noch zurückrief, ein kleines Referat anmelden, ehe es zu spät war. Er war noch so häßlich wie früher, aber wenn auch nicht ein ausgesprochener *beau laid,* wenigstens nicht für mich, doch als Erscheinung beinahe angenehm, angenehmer als früher. Seine große und ungelenke Gestalt war magerer, aber zugleich bestimmter geworden – früher schlackste er so – seine Bewegungen, über die viele früher lachten, wirkten jetzt eigentlich originell und zwar phantastisch, aber nicht einmal ungraziös, sie hatten ihren eigenen Stil. Was an seinem unschönen Kopf mit dem zu vielen Haar und Bart so wirkte, daß man ihn immer wieder ansah, war wohl einfach der Eindruck, daß er bei all seiner Gleichgültigkeit gegen sein Äußeres ein ganz reiner und gesunder Mann von natürlicher Lebenskraft war. Seine Haut hatte ein gutes Korn, beinahe ein distinguiertes, seine großen Lippen waren – ich weiß nicht wie – zugleich zart und kräftig gefärbt, Zähne und Zahnfleisch prachtvoll gesund, die Augen hatten beinahe einen Kinderglanz, das Haar, überall wo es wuchs, und es wuchs überall, hatte etwas Reiches und Drüsiges, wie es nur aus gutem Boden sprießt sozusagen. So drückte er auch die Hand, so klang auch seine Stimme. Solche Sachen sind ja sehr schwer zu analysieren, und ich hatte ihn kaum einen Moment gesehen. Natürlich ging von ihm auch die Atmosphäre eines besonderen, ich meine geistig besonderen Menschen aus, die eben auch undefinierbar ist. Ein Mensch, der seiner Sache sicher ist, und nicht mit ihr und an ihr herumbettelt, macht dich, auch wenn du von der Sache gar nichts weißt, zuerst seiner selber sicher, und diese Sicherheit genießt du sofort als ein unbestimmbares Wohlgefühl, für das du ebenso unbestimmt und unbewußt ihm dankbar bist. Während ich allein war und noch im Hause Anordnungen traf, ging mir diese Vorstellung nach, und ich hatte keinen Zweifel daran, worin die Günthersche »Teufelswirkung« solcher Leute bestand. Dabei kann ich dir schwören, daß er nicht etwa als Mann auf mich als Frau gewirkt hatte, und daß ich mit bestem Gewissen Günther, der nach Hause kam, auf seine Frage nach Freinsheim geantwortet habe: »Wüst wie damals.« Günther war über den kleinen Elsholtz beunruhigt. Es sähe wie ein Rückfall aus, solche Sachen seien oft perniziös langwierig. Für heute habe er durch genaue Anordnungen vorgesorgt, die Mutter wolle aber eine Konsultation. Dann kam ein Clou. Er habe mir etwas mitgebracht. Er zog ein Etui aus der Tasche, und mir wurde kalt und erbärmlich zumute; aber das Schicksal war nicht mit ihm im Bunde, denn es klingelte, zugleich hörte man Freinsheims Stimme, das Etui wanderte im Blitz wieder in die Tasche, ich war für den Augenblick gerettet, denn er trat ein und Günther begrüßte ihn mit der größten Effusion. Ich hielt mich zurück und hörte zu; als Freinsheim saß, seine langen Beine ausgestreckt durcheinander geschlängelt, durch die halbgeschlossenen Augen unter der hohen, aber verschatteten Stirne auf die Zigarette zwischen seinem dunkelbraunen Bartwald heruntersehend, die aufgestützten Unterarme mit zehn Fingern gegeneinander spreizend, die gut gemachten, aber nachlässig getragenen Kleider irgendwie in Falten um ihn herum und von ihm weg, sah er aus, als hätte Lenbach ihn gemalt und nur teilweise ausgeführt. Günther stand vor ihm, prim und tadellos, kein Stäubchen, kein Fältchen, kein Härchen vom Scheitel gesträubt, etwas zu rosig, ausgesprochen elegant, eigentlich ein gut aussehender jüngerer Mann. Er hörte zu. Freinsheim schilderte die Prager Verhältnisse, freundlich, aber wie man sagt mit indirekter Charakteristik, so daß man ihn auf keine Schätzung wirklich hätte festlegen können und doch den Eindruck bekam, den er hervorrufen wollte. Leider hatte ich zu tun und mußte die beiden einander überlassen. Ich fing beim Herausgehen einen erleichterten Blick Günthers auf. Freinsheim hatte ein kurzes Sich-Erheben markiert.

Ich zog ein kleines Abendkleid an, taubenblau mit etwas Silber, das paillettenartig wirkte und geschlitzten offenen Ärmeln; meine Farben fand ich so gut, daß ich überhaupt nicht auflegte, und an Schmuck wollte ich nur meine kleine Mädchenperlenkette von Papa und einen alten kleinen Familienring; als ich hierbei war, kam Günther eilig ins Schlafzimmer, noch nicht umgezogen. »Das blaue ist unmöglich«, sagte er. »Freinsheim hat nur Handgepäck und außer Straßen- und Reiseanzug Frack.« »Du mußt ein großes Dekolleté anziehen.« »Und was nicht noch«, sage ich. »Hofkollier vielleicht und Courschleppe? Ich bleibe genau wie ich bin. Freinsheim kennt den Unterschied zwischen kleiner und großer Abendtoilette wohl schwerlich, und wenn er ihn kennt, achtet er bei mir von selber nicht drauf. Sich mit einem einzigen Hausgast zu Oxtail, Spargeln, Ente und Soufflé, mit einem schlechten Rheinwein und einem kleinen Bordeaux in großem Dekolleté an einen so gedeckten Tisch setzen, finde ich stillos.« »Courschleppe ist entbehrlich«, sagte Günther mit Betonung und kam näher, »aber Kollier – warum nicht?« Das Etui rückte wieder an, diesmal geöffnet, Halsrubine an einer Platinkette. Er bemühte sich auszusehen, wie er sich zärtliche Liebhaber dachte. »Du siehst«, fuhr er, den Ästheten spielend und mir die Steine an den Ausschnitt haltend, fort, »es paßt in der Farbe unmöglich. Es schreit geradezu.« »Ja«, sage ich, möglichst strahlend und unbefangen, »und darum trage ich sie auch heute abend nicht zu diesem; so schön sie sind«, fügte ich, um schließlich doch etwas zu sagen, hinzu. Er hatte aufgeregte Flecken auf den Backen und unangenehm flackernde Augen, es wurde drohend und gräßlich. Ich kannte ihn in solchen Situationen und vergegenwärtigte mir in einem Blitze, was jetzt passieren würde, wenn ich ihm willenlos Oberhand ließ. Was für eine Sicherheit und Übermut aus meiner Hellsichtigkeit explodierte, kann ich dir nicht erklären, ich war auf einmal meiner Meister und regierte mich durch unwiderstehliche Eingebungen. Ich packte ihn um beide Arme, küßte ihn, ehe er sich's versah, derb auf beide Backen, wie ein Kind, sagte: »Lieber Günther« und »welch aufmerksamer Gedanke« und »gerade mein

Geschmack« und fünferlei Ähnliches, manövrierte ihn, mit noch einem festen Kusse irgendwohin, zur Tür, und er müsse sich bei sich umziehen, und gleich würde es gongen, und er war, verblüfft und platt, auf dem Flur. Es war wie auf dem Theater gegangen, ich hatte es richtig gespielt. Der Gedanke an einen Kuß von ihm in diesem Augenblicke war mir so unerträglich gewesen, daß er mich buchstäblich gespalten hatte, in eine Komödiantin links und mich selber rechts. Er zog sich auf der anderen Seite des Flurs gehorsam um. Wir schliefen zwar im gleichen Zimmer, aber er hatte mir gegenüber für späte Heimkünfte und späte Nachtarbeit ein zweites eigenes Schlafzimmer, in dem ich ihm allmählich angewöhnt hatte, Toilette zu machen. Dann kam der Gong, ich ging nach vorn, wo Freinsheim mich schon empfing, im Frack recht gut aussehend, natürlich nicht wie Günther, der eine ausgesprochene Frackfigur hat, aber entschieden ungewöhnlich und distinguiert, gerade wegen des Kontrastes seines schweren unkonventionellen Kopfes mit den lebendigen Augen und der konventionell angegossenen Salonuniform. Ich nahm seinen Arm und wir setzten uns. Dabei sagte ich zu Freinsheim, seine alte Vergeßlichkeit und die Schützen von ganz Deutschland müßten schon zusammentreffen, damit ich in die Lage käme, einem alten Freunde einen Teller Suppe zu geben – oder sonst etwas Verbindliches. Günther fiel sofort ein, hakte bei der Vergeßlichkeit an, und hoffte, sie würde die Kollegen nicht um Freinsheims Referat bringen.

Freinsheim lächelte und sagte, Kongresse und Referate hätten vor allem die gute Seite, daß man sie auch schwänzen könne wie Collegia und hinter die Schule gehen, um zu sehen, daß aus wissensdurstigen – wenn er recht erinnere – jungen Mädchen – vollendete Wirtinnen werden könnten – dies gegen mich – und aus mehr oder minder vollendeten Studiosen – wenn er sich recht erinnere – immer noch wissensdurstige Leuchten der Forschung und der Praxis. »Meine Vergeßlichkeit überschätzen Sie. Ich halte von gelehrten Kongressen soviel, wie Disraeli von diplomatischen hielt. Sie führen immer zu den Kriegen, die sie vorgeben verhindern zu wollen, und diese Kriege führen dann wiederum zu Kongressen. Ich habe allerdings auf der Stelle, an der uns die Eitelkeit, diese große Organisatorin der Kongresse, zu stechen pflegt, irgendwann einmal gerade Hornhaut bekommen, während den hürnensten Kollegen Siegfrieds Lindenblatt gerade dahin gefallen zu sein scheint. – Mein Referat, wenn du es denn durchaus wissen willst, dauert, wenn ich so langsam spreche wie der Kandidat im Examen, fünfzehn Minuten, wenn ich so schnell spreche wie der Examinator, neun ein halbe, und ist die keusche Mitteilung eines klinischen Sonderfalles von Partial-Sehen bei Erkrankung der Gehirnanhangsdrüse. Verzeihen Sie diese Verwechslung« – gegen mich – »von Laboratoriumstisch und Speisetisch. Ich hatte eigentlich nur sagen wollen, daß ich von der Vorstellung, einmal ein paar Tage ganz *en écolier* in München drauf los zu leben, so fasziniert wurde, daß ich dachte, dahin kletterst du sogar auf dem lahmen Kongreß – wie ein Bauernbursch in meines Vaters Garten an der Bergstraße – nachdem er einmal an einem Ebereschenbaum zum Mädel eingestiegen war, sagte ›No, zu was sind auch de Hotzebotz gut – man muß s' nur an de richtige Kammerfenschter spaliere, wie de Pfersch an de Südwänd.‹«

Wir lachten, das heißt ich lachte wirklich, und Günther, wie das Volk sagt, auf den Stockzähnen. Ich mache dir seine Rede nur ungefähr nach, damit du eine Idee bekommst, wie er sprach. Absolut nicht wie ein Causeur, sondern wie jemand, dem etwas einfällt, und dann wieder etwas, und dem es Spaß macht, zu fühlen, daß ihm immer was einfallen wird. Er war ganz unangestrengt und nachlässig und man merkte, daß dies reizende, treffende Reden nicht sein Geschäft war, wie bei den unerträglichen Berufsamuseuren, sondern sein Ausruhen, und daß er nicht nur zu den Menschen gehörte, die sich gehen lassen können, ohne dabei Kapital und Zinsen zu verlieren, sondern daß die Natur und der Geist, die dabei unwillkürlich zum Vorschein kamen, ihm, er mochte sich stellen, wie er wollte, überall von selber aus den Taschen fielen, weil alles bei ihm voll und übervoll war. Effekthascher, der? wo er überhaupt keinen Effekt machte, sondern wirkte? ich meine, man sagte nicht »Fabelhaft«, sondern man fühlte sich wohl und unbestimmt erhöht, weil man in eine überlegene Atmosphäre mitgenommen war. Aber genug davon, ich will die Erzählung nicht mehr unterbrechen, und wir wurden auch platt genug wieder aufs Kappesfeld gesetzt, wie Papa immer von Mama sagte.

»Erlaube mal«, sagte Günther, den Suppenlöffel in der Hand, »das kann doch nicht ganz dein Ernst sein, nehme ich an. Wo kämen wir hin, wenn der Forschung nicht Gelegenheit gegeben würde, zu festen Terminen aus aller Herren Ländern zusammenzuströmen und ihre Fortschritte gegeneinander auszutauschen. Dein Vergleich mit dem Kammerfenster ist ja außerordentlich witzig, weltmännisch muß ich sagen, aber ich als Forscher würde den Spieß eher umdrehen und hervorheben, daß man für die traditionelle Bedeutung Münchens als Kongreßstadt, die ja nicht nur mit ihrer zentralen Lage, sondern auch mit der Vielseitigkeit der hiesigen Interessen zusammenhängt – ich beispielsweise könnte, wie ich dir bereits vorher bewiesen habe, kaum anderswo arbeiten –, daß man, will ich sagen, dafür schließlich dies ganze biermünchnerische Milieu und die ewige Hetz und das geradezu gesundheitswidrige Hochebenenklima auch in Kauf nimmt. Was du sagst, klingt ja in der Unterhaltung ganz nett, aber es hieße doch den Boden unter den Füßen verlieren, wenn wir eine Theorie daraus machten. Na, nichts für ungut, prosit, altes Haus!«

Freinsheim lachte und seine sonst immer halb gesenkten, manchmal wie schlafenden Augen schlugen sich auf und sammelten Günther ein, ganz groß, mit reinem Braun und reinem fast bläulichem Weiß, wie man es als Kind mit zwölf Jahren schon verliert.

Er hob sein Glas gegen mich und trank mit einem Scherze auf meine Gesundheit, wobei er mir dazu gratulierte, das Lebensglück an der Seite eines Gatten von vorbildlichen Grundsätzen gefunden zu haben, woran er übrigens nie habe zweifeln können, denn wenn es ihm der gute Ton nicht verböte, jemand an seinem eigenen Tische unter die Augen zu schmeicheln, so würde er mir sagen können, zu welchen Hoffnungen er bereits als Student berechtigt habe. Ich stieß wohlweislich zuerst mit Günther an, liebevoll, und dann mit ihm, gesellschaftlich, und bat mir seine Mitteilungen für eine spätere Gelegenheit auf, ich wüßte so wenig von der Greifswalder Zeit meines Mannes. Freinsheim hatte meine kleine Diplomatie bemerkt, es hatte etwas dabei um seinen Mund geblitzt, und nun sagte er: »Du weißt nicht, wie leichtsinnig ich mir in meiner Ferienstimmung gegen deine Reife vorkomme, aber indem ich dir rechtgeben will, werde ich schon wieder übermütig. Du wirst mir zugeben, daß Kongresse weder eine Natursatzung sind wie der Lachssprung, noch ein geoffenbartes Sakrament wie die heilige Kommunion, sondern praktische Behelfe, und unsere Urteile über praktische Behelfe hängen von dem Grade der Voraussetzungen ab, unter denen wir urteilen, ganz wie mathematische Wahrheiten, die ja einander entgegengesetzt lauten können, je nachdem sie auf der Voraussetzung der Ebene beruhen oder des Raumes, die Summe oder das Produkt oder die Potenz voraussetzen oder das Differential, einfache oder imaginäre

Zahlen. Du weißt als Gelehrter, daß gewisse Erkenntnisse an eine Denkform gebunden sind, die – um mit deinen Worten zu reden – vorsätzlich unter den Füßen den Boden verliert, und den reinen Raum zur Hilfsvorstellung erhebt. – Geistige Arbeit«, sagte er plötzlich sich zu mir wendend, »hat im Grunde nur das eine innere Glück, das Praktische immer vom Symbolischen unterscheiden zu können.« »Das ist mir zu hoch«, sagte ich lachend und legte Günther Spargeln auf; er hatte die Augenbrauen hochgezogen und sah genau aus wie ein kleiner Terrier auf einer Gartenmauer, der einen auf der Straße vorbeifahrenden Wagen anzuspringen zuckt, aber sich nicht traut. »Zu hoch«, sagte Freinsheim zerstreut, »ist etwas noch so Hohes für den Menschen nie. Das meiste ist ihm zu niedrig. Ich meine«, fuhr er lebhafter fort, »die sonderbaren Aspekte, die ein Urteil annehmen kann, je nach der Sphäre, die es vorübergehend bewohnt. Denken Sie sich einmal, was wir eine schöne Frau aus dem besseren Mittelstande nennen würden, ich meine, was wir drei schön nennen, keine Postkartenschönheit und keine Venus, sondern ein Inneres, das durch seine Hülle scheint und es ganz verklärt, bis es jeden irdisch mangelhaften Zug stilvoll gemacht hat. Versetzen Sie dies Bild, sagen wir, unter oberbayerische Bauern, und es wird nicht bemerkt; erheben Sie es dann zu uns und es ist für uns schön; erheben Sie es zu einem Hofball unter die distinguiertesten und reserviertesten vornehmen Frauen in kostbaren Stoffen und Sternbildern von Juwelen, und es ist eine grobe Trine.« »Schade«, sage ich, »und eben war sie noch schön.« »Keine Not«, sagte er, »sie wird es ja gleich wieder; denn nun erheben Sie sie in die Augen des Genies, und sie ist Gretchen; auf dieser Ebene fällt ihr die ganze Menschheit wieder zu, Bauern, Fürsten und wir, ohne Unterschied, denn sie ist ein symbolisches Ideal unser aller; aber eine Stufe höher hat sie die Augen des Genies wieder verlassen und steht vor dem Empyreum, reduziert auf ›eine der Büßerinnen‹. Auf der höchsten Ebene wird sie vom Göttlichen rezipiert und nicht bemerkt, wie sie auf der untersten vom Menschlichen resorbiert war und nicht bemerkt.« »Ach so«, sagte ich, und beobachtete Günther, der mit seinen Spargeln fertig war und sich die Finger wusch. Ich war gerührt, wagte keine Zustimmung, um ihn in seiner Nervosität darüber, daß ein anderer als er das Wort hatte, nicht ganz zu isolieren. »Ja, aber was schließt du eigentlich daraus«, platzte er, das Wasser von den Lippen wegpustend, hervor, »ich sehe die Beziehung nicht; natürlich sind Schönheitsbegriffe relativ und was dem einen sein Uhl ist, ist dem andern sein Nachtigall. Aber...« »Gewiß, Büdesheimer«, sagte Freinsheim verbindlich, »mit den ästhetischen Urteilen hast du ganz recht; aber hier kommen die moralischen Werte hinzu, und um im Zuge zu bleiben, auch das allgemeine wertsetzende Urteil. Denke dir« – er verbesserte sich gegen mich hin – »denken Sie sich eine unendliche Zahl von Ebenen der Voraussetzung übereinander geschichtet wie einen Strukturdurchschnitt in einem orographischen Buche, und denken Sie sich genau wie im vorigen Beispiele ein Urteil im Aufstiege durch diese Schichten, ein ganz banales, wie etwa, ›die Frau ist dem Manne untertan‹, oder ›Kongresse sind ein Schwindel‹. Dies letztere Urteil zum Beispiel ist in der untersten Schicht – wie Büdesheimer richtig sagt – eine Paradoxie, in der zweiten ein Gesetz, in der dritten ein Irrtum, in der vierten eine fruchtbare Voraussetzung und so weiter. Jede neue Stufe enthält aber wiederum in sich alle tieferliegenden als Erfahrungsstamm, und ist in diesem Sinne eine Summe von Möglichkeiten der Annahme. Dies ist es, was ich den symbolischen Charakter von Erkenntnissen nenne, gegenüber dem praktischen von Behelfsnutzungen, und dies macht dich und mich in unseren Beurteilungen der Welt um einen Gewichtskoeffizienten leichter, wie den Schwimmer und den Vogel. Gelehrte können als Auguren so wenig miteinander streiten wie Kongreßminister. Sie sind alle in der gleichen Denkform ausgebildet, und sehen einander, wie Bismarck sagte, hinter die Augen.« Ich kam, um die Spannung zu überwinden, Günther zu Hilfe: »Wie interessant«, sagte ich und bat ihn, nur um ihn zu beschäftigen, um den neben ihm stehenden französischen Kräutersenf zum Salatanmachen – »wie interessant, Günther, daß Freinsheim deine ganzen Ansichten über die Relativität doch eigentlich bestätigt, die du neulich abends beim Tee bei Dorners auseinandergesetzt hast.« Freinsheim schob in seiner drolligen Weise das Kinn vor und horchte auf, seine gleichmäßigen starken Finger strichen den verwirrten Schnurrbart rechts und links ab und die auffallend reine Frische, fast jungfräuliche Frische seines in der Form doch unharmonischen Mundes trat hervor. »Nein«, sagte Günther scharf, »bitte eins nach dem andern; ich verstehe, offen gesagt, nicht, Freinsheim, wie du bei so merkwürdigen – ich will dir gar nicht zu nahe treten – ... ich meine, betrachtest du dich eigentlich noch als exakten Forscher auf streng naturwissenschaftlicher Grundlage? Wenn ich meine Forschungen über die Paukenhöhle statt auf Beobachtungen auf deine Ebenentheorie aufbauen und in Lüften schweben wollte ... aber bitte, du wolltest etwas sagen.« »Die Paukenhöhle, Freinsheim«, warf ich schnell dazwischen, lächelnd natürlich und ganz leicht, »ist hier ein sehr großes Wort«, und da Günther gerade die Ente serviert wurde und er nach dem Bruststück stocherte, sah ich Freinsheim unwillkürlich bittend an. Er erwiderte meine Blicke zuerst mit einem leichten Nicken der Lider und Wegsehen, dann kehrte er zu meinen Augen zurück, durchforschte sie mit einem kurzen, strengen Blitz, und dann veränderte sich der Ausdruck seines Blickes in menschliches Verständnis und sein Lächeln in Nachdenklichkeit. Es war eine Sekunde. Dann sagte er: »Wenn es nie Leute gegeben hätte, die in Lüften schwebten, gingen wir vermutlich noch auf allen vieren. Bedenke, daß unser ganzer Kulturzustand ein schwebender ist, der sehr mühsam und zum Teil unter den größten Anstrengungen und Schmerzen in der Schwebe gehalten wird, und keine Grundstellung, von der aus wir das Unten und das Oben, das

Tierische und die Werte, relativieren könnten. Aber dies ist keine Dinerunterhaltung, sondern ein Kongreß. Der französische Witz sagt es ja: Was ist ein Deutscher? Ein Gelehrter. Was sind zwei Deutsche? Ein Kongreß.« Er verschluckte etwas. »Es geht noch weiter«, sagte Günther suffisant: »Was sind drei Deutsche? Der Krieg. Ich kann auch zitieren.« »Oh nein«, sage ich mit stürmischer Gutlaunigkeit, »nicht, wenn ich die dritte bin. Frauen haben das Recht, *terre à terre* zu sein, vor allem wenn Männer ›den Boden unter den Füßen verlieren‹ – und überhaupt, wie kann man zwei Männer und eine Frau addieren; soviel ich weiß, ist das schon nach Adam Riese falsch. Bitte, Günther, schenke doch Freinsheim Rotwein ein; nein, diesen Krieg akzeptiere ich nicht, es steckt hinter ihm, wie hinter den meisten, eine Emser Depesche.« »Wenn ich als einfacher Mann diese auf die Spitzen gestellte Konversation überhaupt noch mitmachen kann, oder vielmehr in ihr noch geduldet werde«, sagte Günther ungezogen, »so willst du damit erstens sagen, daß unser größter Staatsmann nach der französischen Version einen Kriegsfall durch Fälschung herbeigeführt hat und daß ich zweitens im kleinen Ähnliches tue; beides muß ich meinerseits aufs entschiedenste zurückweisen!« Seine Oberlippe zitterte, ein Entenknochen emanzipierte sich von seiner Gabel und begann eine Kometenbahn, die unter dem Tische endete. Ehe ich mir noch meinen Schrecken ganz bewußt gemacht hatte, erschallte schon Freinsheims absichtlich übervergnügte Stimme: »Aber das kommt ja wie gerufen für meine These von vorhin, Büdesheimer, vom Aufstieg durch die Wandlungen der Voraussetzung. Siehst du, für Bismarck war die Emser Depesche die brillante, technische Verwandlung von Unterhand in Oberhand, für die Franzosen ein Symbol von Deutschlands angeblicher Skrupellosigkeit, für deine Frau, der beide Beurteilungen ganz fernstehen, ist sie nur noch eine Anspielung auf eine ganz bekannte Geschichte, wie Damoklesschwert und Salomonisches Urteil. Die tragischsten Dinge werden eines Tages zu Gemeinplätzen, an denen überhaupt nichts Tragisches oder Komisches mehr ist.« »Ich bin dir außerordentlich verbunden für die Verteidigung meiner Frau, die das mir gegenüber aber gar nicht nötig hat«, bemühte sich Günther möglichst kühl zu bemerken, und konnte schon nicht mehr weiter, denn ... »Um so besser, natürlich«, lachte Freinsheim, »natürlich bist du ihr bester Anwalt, wenn sie überhaupt bei so harmlosen, kleinen Mißverständnissen einen braucht; das sind die Folgen der Forschernatur, gnädige Frau«, sagte er lustig weiter und seine Augen funkelten; »wie sehr haben wir alle unter der Angewohnheit, die Dinge zu genau zu betrachten, zu leiden, und Sie wissen, was schon der vernünftige Horatio sagt – die Dinge so betrachten, heißt sie zu genau betrachten«, und ein rascher beruhigender Blick ging schnell in mich über. »Nun«, sagte Günther plötzlich ganz ruhig, »da du denn zur Abwechslung – ich bewundere ja deine Vielseitigkeit – mich verteidigst, so will ich dir offen heraussagen, daß ich mich in dieser

Hinsicht – und ich glaube mich sehr genau zu kennen – schlechterdings unbelastet fühle. Haarspaltereien – du nimmst es einem alten Freunde gewiß nicht übel, wenn er frei von der Leber weg redet – wie sie dir gelegentlich nicht ferne liegen, schlagen nicht in mein Fach und würden mich nur beirren. Kühnheit im Vorgehen durch die verwirrende Fülle der Beobachtungen, der Forscherdrang, ausgefahrene Geleise zu verlassen, – du weißt ja wohl, daß kein Geringerer als Cherbuliez von mir wörtlich gesagt hat: ›*L'esprit hardi et innovateur que le Dr. Büdesheimer*‹ – so? ich dachte, das wäre dir bekannt, es hat im *Journal des Savants* gestanden – dies sind sozusagen meine Leitsterne gewesen. Gewiß hat es in unentwickelten Zeiten, die den entsagungsvollen Weg der streng experimentellen Arbeit nicht kannten, spekulierende, mehr so aphoristische Köpfe geben müssen, und ich will nicht in Abrede stellen, daß wir ihnen gewisse Anregungen verdanken. Aber wenn ich bei meinen Arbeiten über die Paukenhöhle den Boden unter den Füßen verliere, verlieren meine Patienten unter Umständen das Gehör, mein Lieber, und wenn ich mich im Leben daran gewöhne, meine Urteile Kletterpartien durch die Voraussetzungsschichten machen zu lassen, dann würden wir hier nicht gemütlich um ein Soufflé Rothschild herumsitzen, sondern wären irgendwie, um im Bilde zu bleiben, drunter durch. Wie du siehst, kann ich auch in Bildern und Antithesen reden, und zwar ohne dabei den Boden der Tatsachen zu verlassen. Sieh mal, als Spezialist, der sozusagen an der Spitze der gesamten Wissenschaft marschiert – denn wenn wir nicht die letzten überhaupt möglichen Verfeinerungen« – er sprach jetzt langsam und suchte nach Worten, hatte einen roten Kopf und aß nicht mehr – »die letzten Schliffe sozusagen, wenn wir sie also nicht weiter ausfeilten – kurz und gut, ein Spezialist hält sich zwar über die Fortschritte der Gesamtwissenschaft auf dem laufenden, und dazu sind die von dir so verachteten Kongresse gerade da – aber um auch noch als Salonphilosoph Mücken zu seihen, dazu sind die Kranken zu sehr auf ihn angewiesen.« In diesem Augenblick telephonierte es hinten. »Eugen«, rief Günther, »lassen Sie das Telephon zu Fräulein Kleinjohn ins Laboratorium umstellen, sie soll alle Telephonate aufnehmen und allen ohne Unterschied sagen, ich sei nicht zu sprechen.« Der Diener verschwand. »Ich habe vor einem Jahre über diesen Punkt in der Klinischen Wochenschrift in einem Aufsatze, der endlich einmal mit allen meinen Gegnern, heimlichen und offenen, abrechnete – nein, danke, keinen Wein mehr; oder warte mal, doch.« Er stürzte ein Glas Rotwein herunter, Freinsheim rückte hinter die Blumen, so daß Günther ihn nicht sehen konnte, seine Unterlippe hing etwas; seine Augen sagten »Du hast eine armselige Wahl gemacht, kleine Frau«, aber ich war nicht für Mitleid gestimmt, denn ich hörte Günthers Reklame nur noch mit den Ohren und war in mir vollkommen ausgeglichen und gefühlssicher – »ja, also in diesem Aufsatze, der auch, wenn ich selber das aussprechen darf, berechtigtes Aufsehen gemacht hat, habe ich die allerdings nicht glanzvolle Spezialpraxis gegen die heute moderne theoretische Faselei und alle ihre -ismen energisch verteidigt.« »Außerordentlich interessant«, sagte Freinsheim mechanisch, »und ich kann dir fast in allem rechtgeben. Wir wissen alle, daß leider Gottes der Leistungsumfang des Gelehrten eine schmerzliche Konstante ist, der man rechts nur zuborgen kann, was man von links genommen hat, und also ist, praktisch gesprochen, die Beschränkung weder unsere Schuld noch unser Verdienst, sondern unsere Proportion. Andererseits weißt du, daß der Mensch außer der wissenschaftlichen noch viele andere Persönlichkeiten in sich beherbergt, und daß seine Beschränkung an ihnen ihren Ausgleich immer sucht, manchmal sogar findet.« »Viele Persönlichkeiten? Ist mir nicht bekannt«, schnarrte Günther, erstaunt tuend. »Dann tut es nichts zur Sache«, sagte Freinsheim lächelnd. »Erlaube mal, warum nicht? soviel ich weiß, ist eine einhcitliche Persönlichkeit doch« – Ich konnte das so nicht weitergehen lassen, »Günther meint es, glaube ich, mehr als Charakterfrage, Freinsheim«, sagte ich und wollte weiter den neuen, albernen Gegensatz vertuschen, und nun brach das Wetter los: »Ja, brauche ich denn außer einem Anwalt noch geradezu einen Vormund? Willst du es vielleicht mir gütigst überlassen, selbst zu explizieren, was ich meine. Ich bin überzeugt, daß Freinsheim meine Sprache mindestens so gut versteht wie deine, und daß du ihn nicht mit Kommentaren gerade über mich zu füttern brauchst, um ihm zu beweisen, daß du in allen Punkten mit ihm sympathisierst.« Es klopfte in diesem Augenblick, Fräulein Kleinjohn stand in der Türe. »Herr Doktor, Frau von Elsholtz bittet dringend um sofortigen Besuch. Der Kleine soll in Lebensgefahr sein und muß operiert werden.« »Bitte, sagen Sie, ich sei nicht Operateur und sei absolut unabkömmlich; nein, bitte nichts weiter; danke; nein, danke.« Freinsheim hatte aus dem Fenster gesehen, wir sahen uns alle an, ich Günther mit einem sehr deutlichen Blick. Ich hatte mich glücklicherweise noch gerade in der Gewalt gehabt, als die rettende Unterbrechung kam. Freinsheim fragte: »Ein ernsterer Fall?« »Mittelohrentzündung«, sagte Günther, »ich habe alle Anordnungen gegeben und kann jetzt nichts machen. Es gibt Operateure genug, die zwanzig dieser kinderleichten Eingriffe an einem Tage machen, und die Leute wissen, daß ich grundsätzlich nicht operiere; sie sollen Wülfing rufen.« Günther schälte mit zitternden Händen eine Banane. »Wie schöne Bananen Sie in München bekommen«, sagte Freinsheim. »In Prag haben wir so minderwertig nachgereifte, daß ich sie seit Jahren nicht gegessen habe, obwohl sie meine Lieblingsfrucht sind von Indien her, wo sie allerdings im Zustande natürlicher Reife ganz anders schmecken.« Ich reichte ihm die Schale. »Ah«, sagte er, »das ist ja ein stammechtes Bündel. Es erinnert mich immer, wenn ich es sehe, an ein Erlebnis, einen merkwürdigen Fall von Willensbeeinflussung. In Hassannagar auf Ceylon, wo ich mir einen Schlafkranken angesehen hatte, pflückte eine junge Singhalesin auf einem alten Baume Bananen und warf die Fruchtstände einem untentstehenden jungen Manne zu, der ihr Gatte oder Geliebter, wie dort meistens, oder Bruder sein mochte; sie stand zehn Meter hoch oben, ein zartes, junges Ding mit einem blauen Schurz. Ich sah aus einer kleinen Entfernung mit Engländern, die mich begleitet hatten, zu. Plötzlich brach und splitterte es im Baume, wir sahen sie einen halben Meter tiefer stürzen, sie hatte einen Pack Blätter mit der rechten Hand ergriffen, ihr einer Fuß suchte im Leeren, die große Zehe des andern hatte im Baume einen für uns unsichtbaren Halt gefunden, im nächsten Augenblick sahen wir sie schon unrettbar tot an den Boden schlagen. In diesem Moment stieß der junge Mann einen hohen, singenden Schrei aus, wie ich ihn nie aus einer menschlichen Kehle vernommen hatte, warf den Kopf aufblickend zurück und versank für uns in eine erzgegossene Starre. Das Mädchen oben, die Augen in seinen, schwankte nicht mehr so grauenhaft, sondern erstarrte gleichfalls in der Schwebe. Er hielt sie, die den Boden unter den Füßen verloren hatte, mit den Augen über dem Abgrunde. Wir standen ratlos und fast so starr wie die beiden und wollten nach Leitern laufen, als oben durch den zarten, braunen Leib ein Zittern ging, die freie Hand sich bewegte, den Stamm suchte, ihn fand, und der ganze Körper mit tierischer Sicherheit hinabglitt. Zugleich hatte der junge Mensch sich langsam erhoben. Sie küßte ihm die Schulter und sie gingen fort.« Günther starrte vor sich hin und hatte augenscheinlich weder zugehört noch verstanden.

»Wie merkwürdig«, sagte ich so fest wie ich noch konnte, »ich hätte gedacht, der Bann hätte nicht gebrochen werden dürfen, wie bei Nachtwandlerinnen, bei Gefahr doch noch zu zerschmettern.« »Er hatte wohl auch diesen Befehl auf sie übertragen«, sagte Freinsheim gleichgültig, »oder es hatte genügt, ihr für den Moment der grauenvollen Krisis das Quantum Ruhe zu geben, dessen sie bedurfte, um im Gleichgewicht aufzutauchen und zu handeln. Der Mensch in der Krisis ist an und für sich magisch und mit unseren Mitteln nicht erklärlich.« Günther fuhr auf. »Da ist sicher die Kleinjohn wieder, ich höre sie kommen, morgen wird ihr gekündigt«, sagte er böse. Damit stand das arme Mädchen auch schon aufgeregt in der Türe: »Verzeihen Herr Doktor, aber ich konnte wirklich Herrn Geheimrat von Wülfing nicht so abfertigen, er hat mich so angeschrieen am Telephon, er müßte Herrn Doktor unbedingt sprechen, es ginge auf Tod und Leben, ich habe das Telephon zu den Herrschaften hinuntergestellt.« Und damit war sie weg. Günther stand auf und warf dabei sein Glas um; er war kreidebleich geworden, und sah von Freinsheim zu mir und zu Freinsheim zurück; dann setzte er sich störrig zurück und sagte: »Ich gehe nicht; mir ist nicht wohl.« Wir blickten ins Leere. Das Telephon schrillte, tobte, forderte und schwieg; schrillte wieder und schrillte, mit der idiotischen Stimme der angetriebenen Maschine, die sich weder senken noch steigern noch von selber verstummen kann. Ich wußte, daß er uns nicht miteinander allein lassen würde, und wenn die Glocke zerspränge und seine elende Angst wurde, indem sie in mich überging, in mir zu einer fast unerträglichen Welle, die mir an den Hals ging und mich betäuben wollte, aber ich faßte mich und ging ohne eine Frage oder ein Wort hinaus ans Telephon im Schlafzimmer. Wülfing als der größte Chirurg von München, maßlos einflußreich und maßlos reizbar, durfte nicht außer sich gebracht werden, aber ich konnte mich kaum zur Ruhe zwingen, denn der nüchterne Entschluß, durch den ich meine Erregung scharf durchschnitt, ging mir wie ans Leben. Ich log: »Herr Geheimrat? Ja, ich, Frau Dr. Büdesheimer. Mein Mann zieht sich schon um. Ja, wir hatten Gesellschaft, auswärtige alte Freunde. Sie wünschen meinen Mann zur Konsultation? Das ist mir sehr, sehr angenehm, denn er operiert nicht gerne, am wenigsten nach Alkoholgenuß.« »Gewiß, gewiß«, Wülfing beruhigte sich langsam, »Sie müssen ja begreifen, verehrte gnädige Frau, daß ich einen Kinderkopf nicht aufmeißele in einem so schweren Fall, ohne die ganze Krankheitsgeschichte zu übersehen. Ich bin auch nicht gern gekommen, meine Frau ist schwer krank.« »Was?« »Bösartige Angina, Kokken. Aber dafür sind wir schließlich Ärzte. Also Büdesheimer ist in zehn Minuten hier? Fünfzehn, nicht eine mehr. Ich kann mich darauf verlassen? Danke, danke.«

Ich ging zurück; die Männer waren aufgestanden, Freinsheim stand am Fenster und sah in die Regennacht, Günther rannte durchs Zimmer. »Wülfing erwartet dich bestimmt in fünfzehn Minuten allerspätestens bei Elsholtzens. Konsultation, er operiert nicht ohne dich. Ich habe gesagt, du zögest dich schon um.« Er riß die Hände aus den Taschen, warf sie in die Höhe, die Augen traten ihm hervor, er drehte sich halb zu Freinsheim, halb wieder zu mir. Er wollte flüstern, aber er schrie beinahe: »Da irrst du dich sehr. Ich denke nicht daran ... ihn jetzt«, er hatte Freinsheim gemeint, wie ich genau wußte, aber ich sagte mit meiner letzten Kraft: »Gerade jetzt darfst du ihn, Wülfing, nicht aufbringen, er ist dir nicht grün!« »Bitte telephoniere sofort an Marietta, daß sie noch herkommt.« Marietta Brandt, eine Kusine von ihm. Freinsheim hatte langsam schlendernd das Zimmer verlassen und sich im Salon zu einem Büchergestell herabgebeugt. Günther fuhr leiser fort: »Ich gehe im Frack, sobald Marietta hier ist; was ist?« Der Diener, den ich angewiesen hatte, stand in der Tür: »Der Anzug für Herrn Doktor ist herausgelegt, ich helfe beim Umziehen, Herr Geheimrat von Wülfing hat das Auto geschickt, es wartet unten.« Wir hatten den lautlosen Wagen überhört; jetzt tönte seine Hupe und rief: Günther stürzte fort, mit krummem Rücken, wie von Furien verfolgt.

Das Zufallen seiner Tür verwandelte sich in meinen Ohren in ein wildes Glockenläuten, mir wurde purpurn und golden vor den Augen, es hob mich und drehte mich um mich selber, alle meine Adern stürzten vorwärts. Ich hatte keinen Tropfen Wein getrunken, und schwankte doch in einem Rausche, ich glaube zweimal um den Tisch; das Licht war mir zuviel, ich fand mich in meinem tanzenden Außer-mir-Sein an den Schalter, drehte aus und stand wieder taumelnd und gedankenlos. Dann war ich in einem Strome, der mich riß und, ohne daß ich mein Gewicht noch fühlte, vorwärts trug. Freinsheim hat mir nachher gesagt, er habe mich beim Hereinkommen zu ihm kaum erkannt. Ich wäre wie ein fremdes Bildwerk gewesen, die sterbende Mänade, mit zerfetzten Ärmeln, brechenden Augen, im Tanzschritt stoßweise vorwärts kommend, dunkel von Schamröte im Gesicht, schauerlich und besessen; er hätte mich auffangen wollen, wäre aber von dem Anblick gelähmt gewesen. Das alles weiß ich nicht, man kann sich nicht sehen. Was ich weiß, ist: ich nahm ihn von hinten, die beiden Hände in seinem Kopf, den ich zu mir holte, und küßte ihn hundertmal auf den Mund, nahm ihn unter den Armen, grub mich in seine Lippen, bis sie meine Küsse mit Küssen erstickten, seine Arme mich zu sich hoben und wir verschlungen ineinander hingen, mit geschlossenen Augen, aus einem einzigen Stücke. Dann ließ er mich los. Günther rief von unten, ich lief ans Speisezimmerfenster, das auf die Straße führt. »Marietta wird in zehn Minuten hier sein«, sagte er von unten herauf. *»Prenez garde à ce que vous faites. Souvenez vous de ce que je vous ai dit auparavant. Vous devriez le connaître désormais, par exemple. Je serai de retour aussitôt que je pourrai.«* Ich lag über die Fensterbrüstung, glühend, atemlos, wollte lachen, aber es wurde nur ein Zittern daraus. Regen schlug mir duftend ins Gesicht, die Luft war aus Blumen. *»Swept off* *my feet?«* rief ich hinunter, *»are you afraid I might be? Don't you worry. I may have been, but I am on firm ground now.* Habe festen Boden unter den Füßen. Gute Nacht.« Ich schlug das Fenster zu, lief ins Schlafzimmer, riß den Hörer hoch und rief Marietta an. »Aber ich komme ja gleich«, rief es zurück, »brennt's denn? Was hat denn Günther?« »Marietta«, sagte ich, »verzeih, daß man dich gestört hat, aber komme lieber nicht, ich bin gar nicht wohl und gehe lieber gleich zu Bett.« »Nun, das tut mir ja sehr leid, aber offen gesagt« ganz unangenehm wäre es ihr nicht, tausend banale Gründe. Als ich in den Salon zurückkam, war er leer. Durch die Spalte von Freinsheims Zimmertür kam Licht. Ich ging wieder nach vorn, drückte die Stirn an die feuchten Fensterscheiben, warf mich auf ein Sofa, sprang wieder auf. Eugen hatte inzwischen abgedeckt, die Leute waren zu Bett. Ich ging wieder nach hinten, ins Schlafzimmer, zog mich aus, war unfähig, einen Gedanken zu fassen, badete mich, um mich zu kühlen, lau. Meine Ohren donnerten Musik, mein Geruch roch Blumen, der Tanz ging durch mich hindurch, stampfend wie der Motor durch das Schiff. Ich hatte plötzlich die Illusion einer ungeheuren Muskelkraft, und daneben die einer ungeheuren allgemeinen Zuversicht. Brechen, Brechen, Zwingen, Zwingen, Durchsetzen, Antun, Handeln – dies stieß in zyklischen Impulsen durch mein tobendes Inneres. Es war nicht Hingabe, es war Aufstand. Ich hätte etwas schleudern mögen, etwas furchtbar Schweres tragen, nakkend, wie ich war, steil bergauf tanzen. Ach um eine

Betätigung, eine Rache, eine Vernichtung und Zerknirschung, Zermalmung meiner unstillbaren Raserei! Wie? Nein! Ich kann dir schwören, ich wäre unfähig gewesen, in diesen Augenblicken, ihm zu gehören. Tun, nicht leiden, harte Lust, nicht weiche. Ich hätte tausend Frauen mit mir haben mögen, die alle mein Schicksal hatten, aber nicht einen Mann, außer um ihn zwischen meinen nackten Händen zu zerreißen!

Wieder kam das Telephon nebenan aus dem Schlafzimmer. Günther rief an. Ich sagte ihm kurz, Freinsheim wäre schlafen gegangen, ich ginge auch zu Bett. Wo Marietta wäre? Ich überdeckte die Frage mit der Frage, ob er nicht käme. Nein, vermutlich spät; der Fall sei schwer, aber nicht hoffnungslos; er käme kaum vor den Morgenstunden. Pause. Ob er nicht heute abend sehr unverträglich gewesen sei. Oh, sagte ich. Ja, der Beruf habe ihn sofort wieder ins Gleichgewicht gebracht. Arbeit ernüchtere glücklicherweise. Ich fragte, ob er mir das nicht lieber morgen weitererzählen wolle. Ja, aber er würde sich gerne noch bei Freinsheim entschuldigen, ob ich ihn nicht ins Laboratorium schicken könne, und umstellen. Ich könne ja sagen, er bitte um einen kollegialen Rat. Mich durchzuckte es. Ich könnte Eugen wecken, sagte ich, daß er ihn hole und nach oben geleite; inzwischen würde ich umstellen, und er könne in einer halben Stunde anrufen, bis dahin wäre er dann wohl oben. »Gut«, sagt er. »Bist du mir böse? Du bist so sonderbar.« Da ich wußte, daß ich nicht seine Frau bleiben würde, sagte ich: »Auf Morgen also, heut bin ich einfach zu müde«, und hing an; umstellen tat ich nicht. Meine ganze erste Frenesie war mit dem Moment des Sprechen-Müssens dahin gewesen, aber ich war ein anderer Mensch geworden, in Minuten.

Ich nahm einen dicken chinesischen Schlafrock, der bis auf die Füße und Hände reicht, und ging ohne anzuklopfen in Freinsheims Zimmer. Er lag halb ausgezogen in Unterkleidern auf dem Divan, ein Bein am Boden, die Hände unter dem Kopfe, mit bloßem Halse, der wieder wunderlich schlank und knabenhaft aussah, so kraftvoll er war. Ich blieb vor ihm stehen, er richtete sich halb auf und griff nach meiner Hand, die er noch festhielt, nachdem er mich sitzend neben sich gezogen hatte.

»Günther will Sie später anrufen«, sagte ich, »und sich, ich weiß nicht genau was, bei Ihnen ausbitten oder erbitten, es liegt ja wohl nicht viel daran. Ich habe es so geordnet, daß eine halbe Stunde bis dahin ist. Er nimmt an, ich sei schlafen gegangen und der Diener rufe Sie. Ich komme selbst zu Ihnen, um Ihnen zu danken, mein Geliebter, und Abschied von Ihnen zu nehmen.«

»Warum Abschied, Rosie«, sagte er sanft, »jetzt schon?«

»Ich meine nicht schon jetzt. Aber man kann nicht früh genug damit anfangen, und wir haben keine Ewigkeit. Ich werde zwar Büdesheimer gleich morgen sagen, daß ich ihn verlasse, aber wir beide, Sie und ich, haben kein Leben vor uns.«

»Wissen Sie«, sagte er und küßte meine Hand, »daß ich Sie nicht –« »Ich weiß es. Ich weiß, was Sie wissen; Sie wissen, was ich weiß. Und ich glaube sogar, daß wir uns von morgen an nicht wieder sehen können. Mein Dank für Ihr hohes Herz, für Ihren großen Sinn, für Ihre menschliche Hilfe, ja Ihre Hilfe und Teilnahme besteht darin, daß ich Ihnen das Wort, das Sie nicht sprechen würden, von den Lippen nehme.« Ich küßte ihn und drückte ihn an mein Herz. »So wie die Minute vorhin fängt kein neues Leben zwischen Mann und Frau an, und, wenigstens für Sie und für mich, nicht einmal eine menschliche Beziehung. Sie sollen nicht glauben, daß eine schlechte Frau, die Vorwand suchte, Sie im eigenen Hause nach einem halben Tage überrumpelt hat. Sie haben mir über meine tiefe Wunde die Augen aufgetan, in dem Augenblick, in dem Sie sie schon heilten. Sie haben mir die Arme frei gemacht durch Ihre Freiheit und ich habe sie gleich dazu brauchen müssen, wozu sie da waren – Sie an mich zu ziehen, mein Einziger, weil Sie das Erste auf Erden waren, wozu ich gern gehörte, denn ich bin eine Frau.«

»Rosie«, sagte er, »warum entschuldigen Sie sich?« Und hier fuhr er ganz leise fort, mich so zu schildern, wie ich vorhin den Saal betreten hatte. »Wozu glauben Sie, hätte ich mein inneres Gesicht? Ich habe den schönsten Moment meines Lebens erlebt und gehe von Ihnen mit dem Bewußtsein, daß vielleicht kein Mensch meiner Zeit erfahren hat, was ich erfahren habe. Darum kann ich Sie nicht von hier wissend und wissentlich in etwas anderes verwandeln. Sie sind vor meinen eigenen Augen ein Naturereignis gewesen. Ich habe Sie zerspringen sehen wie eine Gußform und daraus hervorgehen wie etwas Neues. Und wenn Sie sagen, Sie seien eine Frau – wohl, ich bin ein Mann. Ich getraue mich nicht zu sagen, daß ich Sie liebe. Aber ich sehne mich darnach, Sie noch einmal, und wäre es nur einmal noch im Leben, sagen zu hören ›mein Geliebter‹. Das Wort, wenn Sie es sprechen, hat zum ersten Male im Leben für mich eine Bedeutung.«

Ich sagte es ihm zwischen Küssen und nahm ihn in die Arme, jedes lächelnde, verlegene Widerstreben in ihm mit neuen Küssen besiegend, bis seine Arme Zutrauen zu sich gewannen und ich ihn sich selber völlig abgerungen hatte. Dann zog ich ihn mit mir; die halbe Stunde war fast vorbei. »Wohin?« sagte er zögernd, »warum nicht hierbleiben?« Ich bedeutete es ihm, und er ließ sich nachziehen, mit einem Scherze. Er war wie ein edles Kind in diesen spielenden Entzückungen, es bewegt mich, an ihn zu denken.

Wir saßen zu zweit auf den Betten, mit untergeschlagenen Beinen wie in Tausendundeiner Nacht, auf das Glockenzeichen wartend, und erfanden uns Geschichten. Der Mond sah durch zerrissene Regenwolken dann und wann in das unbeleuchtete Zimmer und meißelte seinen schlanken Körper mit dem schweren Kopfe märchenhaft aus. Er sagte mir verlegen lachend, jene Bananengeschichte habe er im Augenblick erfunden, um die platte und erbärmliche

Minute zu veredeln. »Nicht auch«, sagte ich, »um eine geheime Zwiesprache mit mir zu zaubern?« »Ich weiß nicht«, sagte er unschuldig, »vielleicht. Sie bewohnten in Ihrem unverdienten, häßlichen Unglücke mein Inneres und es wird sich wohl bemüht haben, mit diesem vornehmen Besuche, einer beleidigten Prinzessin, zu prahlen.«

Das Telephon schrillte, er sprang vom Bette, das Herz stand mir still. Ich hörte »Freinsheim ... Ja. Um Entschuldigung? Nein, Büdesheimer, Sie müssen sich selber um Entschuldigung bitten, nicht mich. Wieso? fragen Sie? Sie haben sich gegen sich selber vergangen, nicht gegen mich. Ja, das kann ich Ihnen telephonisch schwer auseinandersetzen. Warum nicht? Es wäre feige von mir, weil Sie telephonisch nicht reagieren könnten. Nein, Sie werden mich morgen nicht mehr vorfinden, ich muß unvorhergesehener Weise sofort nach Prag zurück und fahre mit einem Frühzug, vier Uhr zehn. Das alte Du. Nun wenn du denn willst, Büdesheimer, du tust mir leid.« Er wandte sich um. »Er hat abgehängt, ›wegen meines zu den Vorgängen in keinem Verhältnisse stehenden beleidigenden Tones‹. Er ist noch der Alte.« Der große wunderliche Mensch stand neben meinem Bette, setzte sich halb und griff nach meinen Händen.

Ich habe ihm mehr als die Hände gegeben, mehr als seine Hände genommen. Ich habe ihm jeden Abschied unmöglich gemacht, den er die ganze Nacht hindurch immer wieder nehmen wollte, und das Schicksal, das mich zwölf Jahre lang zum Werkzeug der Gemeinheit gemacht hatte, mit der ganzen Pracht und Herrlichkeit des freien Entschlusses, an einer solchen Brust, für immer gewendet. Ich kann nichts davon sagen, aber ich kann nicht daran denken ohne einen Triumph. Ich habe ihm eine schöne Gewalt angetan und mich unwiderstehlich gefühlt, einen, der den Sieg wert war, mit allen freien Mitteln der Natur, wieder und wieder, mit den Scherzen der Überirdischen, zu mir gehoben und in mir verzückt. Als er morgens ging, sich leicht von mir lösend wie eine Morgenwolke vom Berge, ohne Riß und ohne Trauer, habe ich gewußt, wozu man geboren wird und wenn man sofort stürbe. Mein Mann war schon da. Er ist auf nackten Zehen bei seinen Schuhen vorbeigeschlüpft, hat rasch gepackt und aus dem Fenster einen verschlafenen Wagen angerufen. Dann hörte ich die Haustür gehen und schlief sofort ein.

Als ich kam, war Günther mit dem Frühstück fast fertig. Ich ließ schweigende Minuten vergehen und sah seinen glatten Kopf über die Medizinische Wochenschrift gebeugt lange an, ehe ich es ihm sagte, mit den Worten, die du weißt. Als es heraus war, ganz gleichgültig hingesagt vor Aufregung, sah er mich an, als ob er aufspringen und um Hilfe rufen wollte, weil ich etwa vor einer Tobsucht stände. Dann muß er wohl begriffen haben, ließ das Blatt sinken und wurde grün. Er tat mir sehr leid. Abends war ich schon in Frankfurt bei Mama.« – Sie atmete auf. »Rosie«, sagte ich bittend. Sie schwieg. »Rosie!« wiederholte ich, außerstande, mich zu begnügen.

»Ich kann nicht mehr«, sagte sie ohne Ton und strich, immer mit der gleichen Bewegung, die gleiche Falte glatt.

»Früher sagte man, die Zukunft steht bei Gott. Wir glauben wunder wie weit zu sein, wenn wir uns genieren es zu sagen, und denken es dafür doppelt so stark, das heißt so abergläubisch. Was verlangst du von mir? Daß ich sage, ›aus‹? Nie. ›Nie wieder?‹ Ich müßte keine Seele im Leibe haben. Oder daß ich Ährenlese halte, von den Hälmchen und Körnchen, die seitdem zwischen uns geflogen sein mögen? Dafür bin ich einmal zu reich gewesen und bin ich jetzt zu stolz. Was sonst? Soll ich sagen ›verloren‹? Es wäre pathetisch, und nicht einmal aufrichtig. Oder soll ich sagen ›verloren ist noch nichts‹? Es ist banal, banal.«

»Rosie!« sagte ich und rückte näher zu ihr. »Hoffnung!« sagte sie und verbarg endlich ihr von mir abgewandtes Gesicht.

Verlagsgemeinschaft Ernst Klett Verlag –
J. G. Cotta'sche Buchhandlung

Printed in Germany 1989
Satz: Steffen Hahn, Kornwestheim
Druck: Wilhelm Röck, Weinsberg
Einband: G. Lachenmaier, Reutlingen

CIP-Kurztitelaufnahme der Deutschen Bibliothek
Borchardt, Rudolf
Der Hausbesuch / Rudolf Borchardt. –
Stuttgart: Klett-Cotta, 1989
(Cotta's Bibliothek der Moderne; 82)
ISBN 3-608-95571-2
NE: GT

COTTA'S BIBLIOTHEK DER MODERNE

1 Ernst Jünger: Der Arbeiter

2 G. K. Chesterton: Der Mann, der Donnerstag war

3 Jean Améry: Lefeu oder Der Abbruch

4 Pierre Jean Jouve: Die leere Welt

5 Doris Lessing: Eldorado

6 E. E. Cummings: Der ungeheure Raum

7 Wilhelm Lehmann: Bukolisches Tagebuch aus den Jahren 1927–1932

8 Gottfried Benn: Frühe Lyrik und Dramen

9 Louis-René des Forêts: Der Schwätzer

10 James Agee: Die Morgenwache

11 Georg Britting: Lebenslauf eines dicken Mannes, der Hamlet hieß

12 F. T. Marinetti: Die futuristische Küche

13 Eudora Welty: Ein Wohltätigkeitsbesuch

14 Louise de Vilmorin: Madame de …

15 Ernst Jünger: Maxima – Minima. Adnoten zum »Arbeiter«

16 Ilja Ehrenburg: Das Leben der Autos

17 Doris Lessing: Die Versuchung des Jack Orkney

18 Erwin Chargaff: Kritik der Zukunft

19 K. A. Porter: Der gesprungene Spiegel

20 Stefan George: Gedichte

21 Jean Améry: Hand an sich legen Diskurs über den Freitod

22 Kenneth Patchen: Erinnerungen eines schüchternen Pornographen

23 Gottfried Benn: Doppelleben

24 Marcel Jouhandeau: Das Leben und Sterben eines Hahns

25 Albert Cohen: Das Buch meiner Mutter

26 Louise de Vilmorin: Belles Amours

27 Karel Čapek: Hordubal

28 Georges Perec: Die Dinge

Cotta's Bibliothek der Moderne

29 Doris Lessing:
Winter im Juli

30 J. R. R. Tolkien:
Gute Drachen sind rar

31 Mark Helprin:
Ellis Island

32 Eugen Skasa-Weiß:
Von hinten besehen

33 Ernst Jünger:
Aus der Goldenen Muschel

34 Oskar Panizza:
Eine Mondgeschichte

35 Helmut Heißenbüttel:
Franz-Ottokar
Mürbekapsels
Glück und ein Ende

36 Jean Améry:
Unmeisterliche Wanderjahre

37 Ramón del Valle-Inclán:
Wintersonate

38 C. F. Ramuz:
Die Herrschaft des Bösen

39 Donald Barthelme:
Der Kopfsprung

40 Doris Lessing:
Spiel mit einem Tiger

41 Friedrich Georg Jünger:
Dalmatinische Nacht

42 Felix Salten:
Der Hund von Florenz

43 Gottfried Benn:
Gesammelte Prosa

44 Jean Cocteau:
Kinder der Nacht

45 Elizabeth Bowen:
Die ferne Stadt Kôr

46 Richard Schaukal:
Leben und Meinungen
des Herrn Andreas von
Balthesser

47 Gottfried Benn/Max Rychner:
Briefwechsel 1930–1956

48 Mario Soldati:
Die grüne Jacke

49 Charles-Louis Philippe:
Bübü von Montparnasse

50 Rudolf Borchardt:
Italienische Städte
und Landschaften

51 Alexander Grin:
Das Purpursegel

52 Ernst Jünger:
Der Waldgang

53 Gilbert Keith Chesterton:
Das Gold in der Gosse

54 Jean Cocteau:
Brief an die Amerikaner

55 Vilém Hejl:
Die gesammelten Verbrechen
des Vladimir Hudec

56 Hjalmar Söderberg:
Martin Bircks Jugend

57 Louis Levy:
Die Menschenzwiebel Kzradock
und der frühlingsfrische
Methusalem

Cotta's Bibliothek der Moderne

58 Gottfried Benn
Fragmente – Destillationen – Aprèslude

59 Stefan George
Das Jahr der Seele

60 Gustav Sack
Ein verbummelter Student

61 Gerhard Nebel
Phäakische Inseln

62 Jean Améry
Über das Altern

63 Friedrich Georg Jünger
Rhythmus und Sprache im deutschen Gedicht

64 Walter F. Otto
Epikur

65 Wilhelm Lehmann
Der stumme Laufjunge

66 Rudolf Borchardt
Gespräch über Formen und Platons Lysis Deutsch

67 Ernst Jünger
Das abenteuerliche Herz (erste Fassung)

68 Egon Erwin Kisch
Der Fall des Generalstabschefs Redl

69 Joseph Delteil
An den Ufern des Amur

70 Alexander Grin
Die funkelnde Welt

71 Jules Supervielle
Der Kinderdieb

72 Gottfried Benn
Der Ptolemäer

73 Sacha Guitry
Memoiren eines Falschspielers

74 Robert Graves
Rostbraun, gezähnt

75 Arno Schmidt
Seelandschaft mit Pocahontas

76 Dino Buzzati
Panik in der Scala

77 Erwin Chargaff
Abscheu vor der Weltgeschichte

78 Peter Rosei
Entwurf für eine Welt ohne Menschen

79 Charles-Louis Philippe
Das Bein der Tiennette

80 Arnolt Bronnen
Septembernovelle

81 Nathalie Sarraute
Tropismen

82 Rudolf Borchardt
Der Hausbesuch